SHANGHAI LITERA

故事会 ®

格言故事

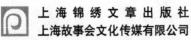
上海锦绣文章出版社
上海故事会文化传媒有限公司

上海文艺出版（集团）有限公司

图书在版编目（CIP）数据

格言故事 《故事会》编辑部编 — 上海：上海锦绣文章出版社
（故事会精品系列） ISBN 978-7-5452-0045-4

Ⅰ．①格…Ⅱ．①故…Ⅲ．故事 — 作品集 — 世界 Ⅳ．I14

中国版本图书馆 CIP 数据核字 (2008) 第 059137 号

丛 书 名：故事会精品系列

书 名：格言故事

主 编：何承伟

编 委：何承伟　吴　伦　姚自豪　夏一鸣

责任编辑：刘迎曦　鲍　放

装帧设计：王　伟

责任督印：张　凯

出 版：上海锦绣文章出版社

上海故事会文化传媒有限公司

POD 海外发行：中国图书进出口上海公司

电话：021-36357888

传真：021-36357896

地址：上海市虹口区广中路 88 号

邮编：200083

海外 POD 发行版本　　　　　　　　　　**版权所有·不准翻印**

 上海故事会文化传媒有限公司 出品 (00246)　www.storychina.cn

STORIES

目　　录

趣 闻 思 辨

谁不用脑子去思索,到头来他除了感觉之外将一无所有。对于每一个人来说,自己的任何思想都是宝贵的。

第一眼是错的

　　主人的眼睛瞎了,一天,他带着他的导盲犬过街时,一辆大卡车失去控制直冲过来,主人当场被撞死了。导盲犬为了守护主人,也一起惨死在车轮底下。

　　主人和导盲犬一起来到天堂,一个天使拦住他们,说:"对不起,现在天堂只剩下一个名额,你们两个中必须有一个要去地狱。"

　　主人一听,连忙说:"我的狗不知道什么是天堂、什么是地狱,能不能让我来决定谁去天堂呢?"

　　天使看了主人一眼,皱起了眉头,想了想,说:"很抱歉,先生,每一个灵魂都是平等的,这事儿不能由你一个人说了算,你和你的狗必须通过比赛来决定谁上天堂。"

主人问："哦，什么比赛？"

天使说："这个比赛很简单，就是赛跑，从这里跑到天堂的大门，谁先到达目的地谁就可以上天堂。你完全不用担心你的眼睛，因为你已经死了，所以现在不再是瞎子；而且灵魂的速度与肉体无关，越是单纯善良的人，跑的速度越快。"

主人想了想，同意了。

于是天使让主人和狗准备好，就宣布赛跑开始。

天使满心以为主人为了进天堂，会拼命往前跑，谁知他竟只是慢吞吞地往前走。更令天使吃惊的是，他的那只狗也不跑，在主人身边慢慢跟着，一步都不肯离开。

天使恍然大悟：原来多年来这条导盲犬已经养成了习惯，它永远只会跟着主人行动。

天使看着这条忠心耿耿的狗，心里很难过：难怪主人不着急，他完全可以稳操胜券，轻轻松松赢得这场比赛的胜利。于是她大声对狗说："你的主人现在眼睛已经不再瞎了，你不用领着他走路，你自己快去天堂吧！"

可是，无论是主人还是他的狗，都像是没有听到天使的话一样，仍然慢吞吞地往前走，好像在街上散步似的。离终点还有几步远的时候，主人发出一声口令，狗听话地坐下了。

天使鄙夷地看着主人，很为他的这条忠心耿耿的狗打抱不平：你的狗已经为你献出了生命，可现在关键时刻你却把它抛弃了！

天使愤愤然正忍不住想指责主人，谁知主人这时却语出惊人："我终于把我的狗送到天堂了，我最担心的就是它根本不想上天堂，只想跟我在一起……所以我才想帮它决定，请你照顾好它。"

天使愣住了。

只见主人留恋地看着狗，抚摸着它，微微笑着，对天使说：

"能够用比赛的方式决定真是太好了,只要我再让它往前走几步,它就可以上天堂了。不过它陪伴了我那么多年,这是我第一次可以用自己的眼睛看到它,所以我忍不住想要慢慢地走,多看它一会儿。如果可以的话,我真希望永远看着它走下去。不过天堂到了,那才是它该去的地方,请你照顾好它。"

说完这些话之后,主人向狗发出了前进的命令。

就在狗到达终点的一刹那,主人像一片羽毛似的朝地狱的方向飘去;而此时他的狗回头看见了,就拼命追随着主人狂奔。

天使张开翅膀追过去,想要抓住那狗,但是,她的速度远远赶不上它。

狗又和它的主人在一起了,即使是在地狱,它也要永远守护它的主人。

天使久久地站在那里,喃喃道:"我从一开始就错了,错了!"

格言启示:

这个世界上,真相只有一个,可是在不同人的眼中,却会呈现出不同的是非曲直。这是为什么呢?其实,道理很简单,因为每个人看待事物,都不可能站在绝对客观公正的立场,而是或多或少地戴上了有色眼镜,用自己的经验、好恶和道德标准来进行评判。结果就是——我们往往看到了假象。

欣赏自己脚印的人,只会在原地打转。

(玲　慧)

(题图:安玉民)

天使的眼光

　　两个天使到人间旅行,一天晚上,他们去一个富有的家庭借宿。

　　这家主人见他俩穿着平常,一副风尘仆仆的样子,立刻拉长了脸,态度十分冷淡,放着舒适的客人卧室却不让他们进,而是在冰冷的地下室里找了一个角落,丢给他们一些破棉絮当被子。

　　年轻的天使气鼓鼓地跟着年老的天使走进地下室,心想:瞧着吧,我们一定要好好惩罚一下这个势利的主人!

　　可是年老的天使却好像什么事也没有发生,乐呵呵地把棉絮铺到地上。睡觉前,他忽然发现墙上破了一个洞,就起身把它修补好了。

　　年轻的天使嘲讽地说:"您可真是有善心呀,人家这样对待我们,您还帮他们补墙洞。"

老天使微微一笑,答道:"有些事并不像它看上去那样的。"

第二晚,两人又到了一个非常贫穷的农家借宿。这家主人与前一家截然相反,夫妇俩对他们非常热情,把仅有的一点点食物拿出来款待客人,然后又把床铺让了出来,自己却睡到冰凉的地上。

第二天一早,两个天使从睡梦中醒来,发现农夫和他的妻子在伤心地哭泣,原来他们唯一的生活来源——一头奶牛昨天夜里病死了。年轻的天使觉得很难过,希望老天使会给这家人一些补偿,可是老天使只是轻描淡写地安慰了他们几句,就告辞上路了。

年轻的天使于是非常愤怒,走出不远,他一把拉住老天使,质问他为什么要这样——第一个家庭为富不仁,老天使还帮助他们修补墙洞;第二个家庭尽管如此贫穷,仍然热情款待客人,而老天使却没有帮助他们阻止奶牛的死亡,凭老天使的能力,完全可以做到这一点。

"孩子,有些事并不像它看上去那样的。"老天使语重心长地答道,"在地下室过夜时,我从墙洞看到里面有个秘密的夹层,堆满了金块。因为那家主人利欲熏心,不愿赈济穷人,所以我把墙洞填上了,不让他发现这些财富。而昨天晚上,死亡之神来召唤农夫善良的妻子,是我用奶牛代替了她啊。"

年轻的天使这才恍然大悟,红着脸半天说不出话来。

格言启示:

即使是自己的眼睛,有时也会欺骗你。所以,很多时候,我们不仅要用眼睛,更要用心去看呵!生活就是这样,如果你仔细观察,会发现它的真相往往和表面上所看到的完全相反。

一个能思考的人,才是力量无边的人。

（小 民 编译）

（题图:箭 中）

寻医问药

有一位名叫卡萨·戈达米的女人，结婚不久就怀孕了，生下一个非常漂亮的儿子。她是那么深深地钟爱他，可是当儿子长到能跑会说的时候，竟被病魔夺去了生命。

年轻的母亲抱着死去的儿子，挨家挨户地寻医问药，希望儿子能够死而复生，人们都很同情她，但谁也帮不了她的忙。有个善良的人对她说："你去寻找佛吧！他会帮助你的。"

于是，女人抱着死去的儿子找到了佛。她极其恭敬地对佛说："佛呀，你一定知道可以让我儿子起死回生的药吧？"

"是的！"佛回答她说，"这个问题不难解决，你只要把芥菜籽熬汤给他喝就行了。但你必须记住，给你芥菜籽的这家人，必须是从未死过父母、死过儿女、死过兄弟姐妹、死过丈夫或妻子的家庭。"

女人带着对佛的无限感激和信任,抱着自己死去的儿子,开始出发去寻找这样的家庭。所有的人都十分亲切地对她说:"这里有芥菜籽,你想要多少就拿多少。"可是所有的人对她要寻找那样的家庭又都惊异万分:"这是一个多么奇怪的问题!人的一生中,生活虽然是丰富多彩的,但死亡却是不可避免的。有房屋的地方就有人家,有家庭的地方就必然会有死亡。"

一个人说:"我死去了儿子。"另一个说:"我妻子昨天刚刚下葬。"又有个人说:"不幸得很,一个月前,我们的双亲刚离我们而去。"

女人绝望了,她极度悲伤地来到佛的面前,说:"佛呀,请帮帮我呀,我所到过的每个地方,人们都说,生是有限的,而死是不可避免的。"

佛的声音严肃而温和:"世间万事万物都会有消逝和变化。你的悲伤也是许多母亲曾经有过的悲伤。当你被拯救之时,也就是你放弃痛苦和充满希望之时。"

女人顿然醒悟过来,她点点头,然后转身回家。她的神情依然忧伤,但眼睛却很明亮。

格言启示:

有人认为,人生中最为悲伤的三件事莫过于少年丧父、中年丧妻和老年丧子。细细品味这句话,也确乎如此,故事中的母亲之悲,真是值得同情。同时我们又说,佛的智慧也是大可以赞扬几句。他不是从简单的说教出发,而是通过借芥菜籽这桩小事,让人自然地去体悟人类的生命法则,这似乎比一般的精神疗法又进了一大步。

命运给予我们的,不是失望之酒,而是希望之杯。

（许 铮 编译）

（题图:箭　中）

大鬼和小鬼

有个小鬼,是个新鬼,穷得叮当响。

有个大鬼,已经做了多年的鬼,富得钱都花不完。

于是小鬼就向大鬼请教,怎样才能脱贫致富。大鬼说:"想挣钱很容易,你只要晚上选条阴暗的小路,在路边一蹲,看见有人过来就伸腿绊他一下,他一害怕,就会烧钱给你用。"

小鬼听罢,千恩万谢地去了。到了晚上,小鬼找了条偏僻阴暗的小路蹲了下来,可这条小路太偏了,他等了大半夜,也没见一个人影。小鬼等得瞌睡都上来了,正打着盹的时候,忽然听见"咚咚咚"的脚步声,有人来了!他立即来了精神,把右腿伸了出去。

就听见一声闷响,奇怪的是那个人没被绊倒,小鬼自己的腿却被踩断了。

小鬼哭丧着脸去找大鬼，大鬼问他："那人走路是什么样的声音?"小鬼说："是'咚咚咚'的声音。"大鬼一摆手："唉,怪我没给你说全了,走路'咚咚咚',说明他强壮有力,这样的人走路哪能会磕绊,你只能绊那种走路有气无力的人。"

小鬼记住了这个教训,第二天晚上就又去了那条路。深更半夜的时候,终于来了一个走路没声音、看上去有气无力的人,小鬼立刻伸出腿去,果然把那人给绊倒了。

只见那人重重地摔在地上,好半天才爬起来,在地上找啊找的,想找出是什么东西绊了自己。他盯着小鬼看,小鬼哈哈大笑,冲着那人做鬼脸："看吧看吧,你看不见我!"那人真的看不见小鬼,也听不见小鬼的声音,他其实盯着的是小鬼脚旁的石头。他一边把石头捡起来,一边嘴里嘀咕着："都是你,害我摔了一大跤。"他把石头重重地往地上一扔,巧了,正好砸在小鬼的腿上。

受伤的小鬼坐在路边忍不住"呜呜呜"地哭了起来,突然他感觉大地在震动,随着"嗵嗵嗵"的脚步声,有人气势汹汹地走过来了。小鬼吓得不敢哭了,拼命地往路边缩,生怕绊倒了那个人。可谁知那人没有被小鬼绊倒,却被那块石头绊倒了,正好重重地摔在了小鬼的身边。小鬼吓得一哆嗦,还好,那人看不见小鬼,也没有找石头算账,而是拍拍身上的土,急匆匆地走了。

小鬼哭丧着脸去找大鬼,把前后事情一说,大鬼高兴地说："你就要发财了,明天晚上我陪你捡钱去。"小鬼将信将疑。

第二天晚上,小鬼跟着大鬼来到那条路上,果然有人拎着一大包纸钱来烧。可让小鬼吃惊的是,来者不是先前走路有气无力的人,而是后来走路"嗵嗵嗵"的那个。

小鬼不解地问大鬼："怎么会是这个人来呢?"大鬼笑着说："先前那个走路虽然有气无力,但他不信鬼,就算你把他绊倒了,他也以为是石头绊的他,扔了石头不就完事儿了? 而这个走路

'嗵嗵嗵'的呢,你别看他走得那么响,那是他故意放重脚步在给自己壮胆的,其实他胆小得很,就算是石头绊的他,他也会以为是我们绊了他,他可信我们哩,所以今天一定会急着来给我们烧纸钱。"

小鬼还是不明白:"那……怎么判断一个人是信我们还是不信我们呢?"

大鬼说:"那就要靠你自己察言观色了。"

小鬼长叹一声:"原来做鬼比做人还累啊!"

格言启示:

这个故事其实是借鬼喻人、借鬼事说人情,切不可当作一般鬼故事看待。它里面的道理,不外乎是"凡事都要透过现象看本质",也就是说认识事物时,要有联系的观点、动态的观点、历史的观点等等,如此才能拨云见日、去伪存真,揭出事物的本相来。不过,真的能做到这一点,又谈何容易?

一分钟的思考,抵得过一小时的唠叨。

(阿　辞)

(题图:箭　中)

兔子的博士论文

　　这天,阳光明媚,和风煦煦,一只母兔子从窝里钻出来,尽情享受着金色的阳光。这时,一只狐狸偷偷地靠近,"呼"地逮住了兔子。

　　狐狸说:"我要把你给吃了。"

　　母兔子可怜兮兮地说:"等一下,你至少应该等上几天。"

　　狐狸眼睛往上一翻,说:"噢,是吗? 可我为什么要等几天呢?"

　　母兔子说:"因为我的博士论文马上就要写完了。"

　　狐狸说:"哈! 这真是个愚蠢的借口。你论文的题目叫什么?"

　　母兔子自豪地说:"我的论文题目叫《论兔子比狐狸和狼

强》。"

狐狸说："你疯了吧？我应该现在就把你给吃了！每个人都知道狐狸比兔子强。"

母兔子摇摇头，说："根据我的调研，情况并不是这样的，你要是愿意，可以到我的窝里坐坐，亲自看看我的论文。要是我的论文不能说服你，你再把我吃了也不迟。"

狐狸出于好奇，便随母兔子到了她的窝中，但从此狐狸再也没有从兔窝里出来。

几天后，母兔子论文写累了，又走出窝来散心，突然，一只狼从荆棘中"呼"地蹿出来，要吃掉她。

母兔子大声叫道："等一等！你现在还不能把我吃掉！"

狼恶狠狠地说："你能有什么理由不让我吃你？"

母兔子说："我马上就完成我的论文了，题目是《论兔子比狐狸和狼强》。"

狼听了差点儿笑歪鼻子："就你这样子，能比我强？"

母兔子点点头："你要是不信，可以到我的窝里亲自去看看。假如你对我的结论有什么不同看法，再吃掉我也不迟。"于是，狼就去了母兔子的窝。不过，和狐狸一样，从此他也再没有从兔窝里出来。

过了几天，母兔子终于完成了论文，从窝中跑出来，到莴苣地里庆祝。

一只公兔来到她的身旁，问道："什么事情让你这么高兴？"

母兔子仰起头，得意洋洋地说："我刚刚完成了我的博士论文。"

公兔献殷勤地说："祝贺你呀！你的论文是写什么的？"

"我的论文题目叫《论兔子比狐狸和狼强》，还请了一个答辩的好导师。"

"你敢打包票吗？这听起来好像不大对劲呀！"

"噢,当然。你应该到我窝中亲自看看。"

于是,他们一起来到母兔窝里,只见左边是一堆狐狸的白骨,右边是一堆狼的白骨,正中间是一只正舔着嘴唇的大狮子。

看来,你的论文题目是什么并不重要,重要的是你论文的导师是谁。

格言启示:

这则故事在社会上有不同种流传版本,说明这故事不但有趣味,而且还有意义。说有趣,是因为它有情节,也有悬念,让我们一直想知道兔子得罪了狐狸,得罪了狼,该如何收场;说有意义,则是因为它说出了中国几千年来复杂的人际关系。其实,中国谚语中所说的"不看僧面看佛面"、"打狗还须看主人"等等,捅破的莫不都是这层"窗户纸"。

思维决定着你到底能观察到什么。

（青　闰　编译）

（题图:魏忠善）

围城里的鸵鸟

　　在鸵鸟的世界里，是可以妻妾成群的，但有这么一对鸵鸟夫妻，相亲相爱地生活了很多年，鸵鸟先生一直就只娶了鸵鸟太太一个。

　　可是厄运突然降临了！在一个没有月亮的晚上，这一对鸵鸟夫妻被猎人抓住了。猎人把他们卖给了一个农场主，农场主就把他们圈养起来，作种鸵鸟饲养；为了迅速繁殖后代，农场主还给鸵鸟先生送来了五个年轻的鸵鸟姑娘。

　　鸵鸟太太伤心地躲到一个角落里发呆。鸵鸟先生明白鸵鸟太太的心事，他很想告诉鸵鸟太太，他永远只喜欢她一个，可是鸵鸟在成年之后就丧失了语言能力，不会说话了，所以鸵鸟先生只能用行动来表示，他整天陪伴在鸵鸟太太身边，对那五个鸵鸟姑娘不理不睬，鸵鸟太太终于放了心。

可是这样一来，农场主不高兴了：买你们来难道是让我白白养着你们的？于是他竟然当着鸵鸟先生的面，把鸵鸟太太抓走了。

鸵鸟先生急坏了，他担心农场主一生气会把鸵鸟太太给杀了，于是就开始绝食，那意思就是：如果鸵鸟太太不在了，他也不想活了。这一招果然奏效，绝食到第三天，农场主只好把鸵鸟太太放了，不过没有放回到他身边，而是送给了另一只雄鸵鸟。

鸵鸟先生气坏了，可没有办法，只好趴在栅栏边，远远地望着鸵鸟太太，痛苦地"呜呜呜"地叫着。鸵鸟太太在另一个围栏里，远远地望着丈夫，也绝望地"呜呜呜"地回应着。

谁知他们两个这样叫着叫着，突然有一天竟然又会说话了。

于是鸵鸟先生着急地问鸵鸟太太："农场主有没有伤害你？"

鸵鸟太太说："没有。他们把我和你分开，目的是好让你娶那五个姑娘。"

鸵鸟先生发誓说："我绝不会娶她们的。"

鸵鸟太太也发誓："我也绝不会嫁给别人的。"

他们都会说话后，日子就好过多了，彼此互相问候，互相鼓励，无论别的鸵鸟怎么给他们献殷勤，他们都不动心。

农场主当然听不懂他们之间说的话，但感觉到了这一对鸵鸟夫妻的与众不同。一个月后，农场主终于被他们的痴情感动了，于是就把鸵鸟太太送回到鸵鸟先生身边，把那五个鸵鸟姑娘带走了。

夫妻俩终于又幸福地生活在了一起，他们整日整夜有说不完的悄悄话。

日子就这么一天天地过着。可是不知从什么时候开始，鸵鸟先生渐渐觉得，鸵鸟太太怎么有那么多说不完的话？有时候就嫌她啰唆了；而鸵鸟太太呢，也渐渐觉得鸵鸟先生老跟在自己身边,怎么就不好好干点自己的事情?

于是,双方就常常为了一点小事争吵起来。鸵鸟先生开始想:随便娶一个也比自己的太太好,那些默默无语的鸵鸟姑娘多可爱呀!鸵鸟太太也开始想:随便嫁一个也比自己的丈夫好,那些独来独往的雄鸵鸟多有风度啊!

可是他们已经没有机会再作选择了,因为农场主曾经被他们感动得太深,绝不会再把他们分开了。他们只能在争吵之后,一个面朝东,一个面朝西,哀叹自己命苦:别的鸵鸟都不会说话,为什么偏偏自己会说话了呢?

可是,他们恰恰忘记了,他们是怎么会说话的。

格言启示:

这个故事,让我们想起了哲学上的"异化"命题。所谓"异化",哲学家是这样解释的:主体在一定的发展阶段,分裂出它的对立面,变成外在的异己的力量。换句话说,就是某种事物不幸沦为自己的对立面。比如守财奴,表面上是金钱的主人,可实际上却是金钱的奴隶;又如,人在自己的头脑中创造了神,可到头来神却成了控制自己的神秘力量;还如,人类在征服自然、改造自然的过程中,造成了严重的生态危机……可以说,异化在自然、社会与人生中是一个十分普遍的现象,但要克服异化,超越异化,充分做到"人不为物所役",在现代社会还是十分不易的。

伟大或渺小,皆在其人之志。

(王小玲)

(题图:王申生)

两只青蛙

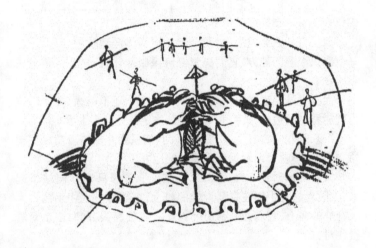

　　从前,在日本有两只青蛙,一只住在大阪附近的一条水沟里,另一只安家在一条流经京都的潺潺小溪边。

　　因彼此相距非常遥远,它们从未听说过对方。但奇怪的是,有一年春天,它们同时都萌发了应该出去见见世面的念头。更巧的是,京都的青蛙想去看看大阪,而大阪的青蛙则想到京都去参观古都风貌。

　　于是,在一个阳光明媚的早晨,它们同时踏上了京都与大阪间的那段路程,但出发地却正好相反,一个从京都动身,而另一个从大阪启程。

　　路上的艰辛远远超出了它们的想象。

　　走到半路时,它们同时遇到了一座必须要翻越的大山。在耗费了大量时间、经过无数次的跳跃之后,它们终于到达了山顶,并且又惊又喜地发现了对方!

两只青蛙互相默默地打量了一会儿,便聊了起来,彼此诉说离家外出的原因。令它们高兴的是,彼此的愿望竟然完全相同,就想多了解一点外面的世界。

因没有什么紧迫之事,两个青蛙便懒洋洋地放松四肢,趴在一个凉快潮湿的地方,它们决定舒舒服服地休息一会儿,再分头赶路。

大阪青蛙感慨地说:"可惜,我们的个子还不够大,要不从这里就能看见两边的城市,并马上就能决定是否值得去参观。"

"哦,那很好办,"京都青蛙说,"我们只要互相搭着肩膀用腿站立起来,不就可以看见彼此要去的地方了?"

大阪青蛙对这个主意非常赞成。于是两只青蛙便站了起来,大阪青蛙将手搁在京都青蛙的肩上,京都青蛙也将手搁在大阪青蛙的肩上,它们两个都使劲撑高身体抬起头,同时用手紧紧搂住对方。

这一来,京都青蛙和大阪青蛙就正好脸对着脸,鼻子对着鼻子。

但是,这两只愚蠢的青蛙恰恰都忘了,平时它们的眼睛就长在额上,再这么使劲撑高抬头,那大眼睛已处在脑袋背面,所以尽管它们的鼻子对着各自的目的地,但眼睛看到的却是各自原来的出发地。

"天哪!"大阪青蛙喊道,"原来京都和大阪完全一模一样!走那么远的路去那里,太不值得啦。我要回家!"

"哼,"京都青蛙也嚷了起来,"要早知道大阪只是京都的翻版,我绝不会长途跋涉吃那么多苦,走那么多路的,划不来嘛!"

京都青蛙边说边就把手从大阪青蛙的肩上抽了回来,结果两只青蛙都摔倒在地上。

它们不约而同地叹了口气，又彬彬有礼地互相告别，然后踏上了归程。

一直到死，这两只青蛙都认为大阪和京都完全一样。

格言启示：

关于方法论，哲学上的定义是：人们认识世界、改造世界的一般方法。是指人们用什么样的方式、方法来观察事物和处理问题。青蛙通常在方法论上出偏差、出洋相，比如坐井观天。但很多时候，人类其实比青蛙也聪明不到哪里去！

无论在什么时候，永远不要以为自己已经知道了一切。

（郑　明　编译）

（题图：箭　中）

情 感 解 读

感情在无论什么东西上面都能留下痕迹,它不可能有静止状态,不是向这个方向发展,就是向那个方向发展。

得失之间

　　老婆婆让老爷爷牵一头牛到集市上去卖掉。她这样叮嘱老爷爷:"钱多钱少没关系的,年纪大了,你就当去看看热闹散散心。"

　　于是,老爷爷牵着牛出门去了。

　　一路上,老爷爷往前走着,遇到一个放猪的。放猪的对他说:"你看我这猪多肥,你用牛换我的猪吧!"

　　"行哪!"

　　老爷爷用牛换了猪,继续往前走。走着走着,又遇到一个牧羊的。牧羊的说:"你看我这绵羊,毛又密又长,你用猪跟我换吧!"

　　"好哇!"

老爷爷用猪换了羊,继续往前走。又遇到一个抱鸡的,对他说:"我这公鸡啼声响亮,你用羊换我的鸡吧!"

"好哇!"

老爷爷用绵羊换了公鸡,继续往前走。他见一个人在路边捡到一只空空的小钱包,这个人招呼老爷爷说:"这小钱包挺漂亮的,你用公鸡跟我换吧!"

"行哪!"

老爷爷用公鸡换了这只空钱包。

老爷爷要去集市看看热闹散散心,可是前面横着一条河,得摆渡,而老爷爷身上又没钱。摇船的说:"我摇你到对岸,你就把这个小钱包给我吧!"

"好哇!"

就这样,老爷爷到了河对岸。他见有个商人正在那儿歇着,旁边还停着一辆货车,便与他闲聊起来。那个商人听老爷爷讲了刚才路上的经历之后,哈哈大笑道:"你换了又换,把一头牛换没了,回家去不挨你老婆的骂才怪呢!"

老爷爷自信地摆摆手:"我会挨骂才怪呢!"

商人当然不相信:"那好,咱俩打赌,要是你老婆不骂你,我就把这车货白送给你。"话罢,他不由分说地拉起老爷爷,赶着车就走。

他们重新摆渡过河,当然,摆渡钱是商人出的。

货车停在老爷爷家门口以后,商人随老爷爷走进了屋子。

老爷爷告诉老婆婆:"我在去赶集的路上,把牛换成了猪。"

"太好了,咱们有猪肉吃啦!"老婆婆笑呵呵地说。

"后来,又用猪换了绵羊。"

"更好了,咱们可以剪羊毛啦!"

"后来,又用绵羊换了公鸡。"

"太妙了,公鸡每天早晨会给咱们打鸣儿!"

"后来,又用公鸡换了空空的小钱包。"

"更妙了,咱们什么时候有了钱,就可以往里面放了!"

"后来摆渡过河,我把小钱包给了摇船的。"

"什么也没有了?那也没关系呀!"老婆婆和颜悦色地说,"你年纪大了,轻轻松松转一圈,平平安安回来了,这就比什么都好!"

商人在一旁听得明明白白,他硬是把一车货送给了老爷爷和老婆婆。离开他们家的时候,虽然他手里空空的,可是心里却觉得满满的,得到了很多很多。

格言启示:

这个故事与中国的"塞翁失马"很相似,都是比喻一时受到损失,但结果却能得到更大的好处;或者,坏事在一定条件下可以变为好事。但两者最大的相同点还是,在老人那里,快乐是第一位的,物质是第二位的。这种哲学无以名之,姑且称为"快乐哲学"吧!跟这样的人打赌,上帝也会输的。

你若寻求财富,不如寻求满足;满足才是最好的财富。

(王志冲 编译)

(题图:黄鑫德)

妇人和木匠

　　民国初年,浙南山区有一家农户,这家人家虽然家境并不宽裕,但为着渐渐长大的儿子将来能娶上一房称心的媳妇,一家人省吃俭用,节衣缩食了好多年,慢慢凑了一笔钱,准备把草房翻成瓦房。

　　来这户人家做生活的泥水匠和木匠,都是远道而来的外乡人,夫妇俩特别厚道,对这些外乡而来的匠人敬如上宾。特别是女主人,总是尽力把每顿饭菜做得十分可口,而自己宁可吃粗粮。

　　有一天,妇人偶然从其中一个年龄稍大的木匠口中听到,这个木匠特别喜欢吃"虾仁豆腐"这道菜。这儿是山区,豆腐虽有,但鱼虾不多,妇人就托人从几十里外的集市上花高价买来活虾,再一只只剥掉壳,取出仁,佐以豆腐,做出了"虾仁豆腐"这道菜。

鲜美的虾仁豆腐端上桌,木匠吃得很开心,于是妇人就日日想法做上这一道菜。后来听说木匠牙不好,她又翻花样,把虾仁剁碎蒸熟后拌以豆腐。

木匠开始吃得很有味,吃多了,渐渐就觉得味道也不过如此,再吃下去,就觉得这味道简直讨厌了。于是,木匠就猜想:这虾子,肯定是妇人贪便宜买来的。他不好明说,而妇人又木讷,所以仍是顿顿豆腐虾仁伺候。

木匠渐渐由怨生怒,活快完工的时候,他用木头做了个会转动的小玩意儿,趁人不备,在房梁上端挖了个小洞,把那玩艺儿塞在洞里,算是和这家啬啬的妇人开个玩笑,报复一下。

这小玩意儿碰到风就会发出一种怪声音,妇人有头痛病,晚上常常睡不着觉,半夜里听到房上"嘘嘘嘘"的怪声,时断时续,就疑心是鬼叫。白天供了香烧了纸,晚上还是断不了"嘘嘘嘘"声,房门一开,那响声就更大了。

妇人被吓出了病。造了房,还欠了债,哪有多余的钱买药治病呢? 终于,渐渐病重身亡。

妇人闭眼的那天,正好那个木匠路过此地,听到这家屋里传出吊孝似的哭声,有些奇怪,就走了进去。

邻人告诉木匠,造好房后,妇人在屋里就一直听到鬼叫,大概是风水不好吧。

妇人的儿子哭着对木匠说:"当初造房子,娘历经千辛万苦,大小粗活、累活都沾手,替你们做饭菜,总是把最好的端上桌,自己却背着我们吃糠菜团。听说你牙齿不好,喜欢吃虾仁豆腐,娘天天鸡没叫就出门,跑到十里路外的亲戚家,等捕鱼人从船上送来新鲜活虾。有一次为赶路,差一点跌到山岩下。最后一次剥虾壳时不小心,虾大戟戳进她指甲里,后来发炎化脓,烂了开来,直到去世时都没好……"

妇人的儿子一边哭一边说："我娘一向为人心善如菩萨,为什么好人没好报啊!"

木匠听罢妇人儿子的哭诉,顿时如五雷轰顶。待清醒过来,仔细看了躺在板床上已成冤魂的妇人,发现妇人的右手拇指灰暗如泥,已肿成芋头大,不禁仰面长号,跪地不起。

回去后,木匠越想越觉得自己罪孽深重,就用平素干活的锯子锯掉了自己一截手指,然后告别木匠生涯,隐居山中寺院,当了一个出家人,每天晨钟暮鼓诵经,超度妇人亡灵,直到老死。

格言启示:

"一报还一报"在中国是一个比较传统的思想,且影响绝不可以小看。善以善报者叫"报答",恶以恶报者叫"报应",以怨报德者叫"小人",而以德报怨者叫"宽容"。如此看来,上述作品中的"木匠"实际上就是一个小人,他以小人之心忖君子之腹,间接地害死了善良的妇人。他之所以无名无姓,我想恐怕还是一个类型,即社会上像这样的小人还不在少数。但愿这种人幡然悔悟,最后也能有向善之心。

对于可耻行为的追悔,是对生命的拯救。

(秦笑默)

(题图:箭　中)

回家看看

赵栓考上重点中学,离开偏僻的农村,到城里读书去了。离家时,爹妈反复交待:要认真学习,遵守校规,还要学会惦记人,别出了门就把家忘了。爹妈的话,赵栓都牢牢记在心里。

这天晚上,赵栓在一本杂志上看到这样一则故事:一个俄罗斯少年,骑马冒雨夜行30里回家看望父母,仅仅说了一句"我爱你们",竟使父母幸福得差点晕倒。

赵栓由此突发奇想:我何不也趁晚上回家一趟,让爹妈也狠狠地幸福一回呢?说干就干,他一骨碌从床上起来,推出自行车,出了校门就精神抖擞地上路了。

从学校到家足足40里地,其中还有不少山路,再加上天空乌沉沉的,月光也时隐时现,没过多久竟又下起雨来,而且愈下愈大,雨水顺着赵栓的脸颊一个劲地往下淌。

赵栓没有被吓倒,只是想着快点到家,见了爹妈只说一句话:"我想你们,特来看看你们。"爹妈一定会激动,会感到幸福,会高兴得眉开眼笑,甚至手足无措。

赵栓冒雨蹬了3个多小时的车,终于一身雨水、半身泥浆地到了家。村子里没有一点灯光,家里也黑乎乎的没一点声响,赵栓急忙敲门。

屋里传出妈的声音:"半夜三更的,是谁呀?"

赵栓忙说:"妈,是我呀!"

爹妈听出是儿子的声音,似乎慌了手脚,磕磕碰碰点亮了油灯,连外套都顾不上披,就一个举灯,一个拔门闩,开门一看,见儿子这副模样,两人的脸面都惊恐得变了形。

妈问:"栓子,出、出啥事啦?"

赵栓说:"没啥事,我只是想着回来看看你们。"

妈急了:"什么?没事你为啥冒着这么大的雨深更半夜大老远赶回来?看看我们,我们有啥好看的?到底出了啥事?快对妈说,别埋在心里,啊!"她边说边替儿子抹脸上的水珠。

爹递过一条毛巾,不说话,只是紧蹙双眉,两眼死死地盯着儿子的眼睛,想看出点秘密来。

爹妈见儿子"滴水不漏",只得先料理他换衣服,还烧了几个鸡蛋让他吃。

趁儿子吃蛋时,妈又凑上来悄悄地问道:"栓子,是不是在学校里惹事啦?有啥事跟妈说,你爹脾气不好,我不告诉他。"

可儿子还是那句话:"妈,我不骗你,真的啥事也没有。"

赵栓吃完鸡蛋,想到明天要起早,便上床躺下了,他听见爹妈在房间里嘀咕着,这使他心里很不好受。

第二天一大早,赵栓起床不见爹,就问妈:"爹呢?"

妈说:"他昨晚上就走了。"

"去哪了？"

"还不是因为你不肯说实话，我们放心不下，他就连夜去你们学校看看，到底出了啥事。你这孩子，今后有啥事要直说，要知道，我们是你的爹和妈呀！"

格言启示：

儿子回家看望父母有没有错？没错。父亲连夜赶往学校，有没有错？也没错。那么，为什么会发生如此啼笑皆非的事？看来主要问题在于父与子之间的信息不对称。然而，可怜天下父母心，想要他们之间的信息达到完美对称，难矣！

脚下的路是人走出来的，心上的路是思想的灯照出来的。

(董玉洁)

(题图:箭　中)

村里不走单口人

　　有一个村庄,老辈子传下来一种说法:村里不走单口人。"走"就是"死"的意思,当地风俗,人死不说死,说走。一年里头,小村里要么不走人,要么就走两个。据年纪最大的赵六爷和钱七爷回忆,打他们记事起就如此。再往上查,他们的父亲和爷爷也都这么说。

　　尽管有人不相信这种说法,可事实偏偏就是如此。那年刚开春,二娃的爷爷得病走后,村里没有哪一个人特别年老或病弱,人们都以为那一年会破例,可谁也没有料到,到了秋收时节,壮壮实实的黑丑爹却突然被牛抵丢了命。又一年夏天,好妮的嫂子掉进水塘里淹死了,一直到当年的腊月三十,村里没再走人,大伙儿都暗暗庆幸,说这一年非走单口不可了,哪知道大年三十晚上,财旺的叔正高高兴兴吃饺子,却一头栽倒没了气,只差几个钟头没翻过年。你说神不神?

　　这种说法一直传到九十年代某一年春季的一天。村里的二奶奶突然走了,二奶奶一走,村里人谁都相信,这就预兆着村子里当年还要走一个人。走谁呢? 人人都在诚惶诚恐地猜测。猜过来,猜过去,人们不约而同地将目光对准了赵六爷和钱七爷。俗话说:"七十三,八十四,阎王不请自己去。"赵六爷和钱七爷今年都已七十有三,何况赵六爷长年胃不好,人瘦得一股风就能吹起来,钱七爷有哮喘病,一入冬便喘得上气不接下气。人们口里不说,心里都一致认定:下一个目标,不是赵六爷就是钱七爷。

　　人们嘴上不说,不等于这两个老头儿自己不知道。其实,他们两个早在肚子里琢磨几十遍了,最后得出的结论也大同小异:今年怕是熬不过去了! 不过,根据老辈子传下来的说法,他们两个人中只能是走一个留一个。要么赵六爷走,钱七爷继续过他的日子;要么钱七爷作古,赵六爷继续生他的胃病。谁会走呢? 好不容易盼来了好年景,真要走了实在可惜。于是,在这关系生死存亡的大问题上,原先挺不错的一对哥儿们闹翻了脸。

　　这天,钱七爷一大早就起了床,在村里散步。最近,他非常注意锻炼身体,这在以前是从没有过的,经过赵六爷家门前时,还故意咳嗽了几声,把声音提高了四五度。

　　赵六爷早就起来了,一听这声音心里就犯嘀咕:这个老滑头,阎王都朝他招手了,还不想走呀? 他这么想活,那不就盼我走吗? 哼,我偏不走!

　　赵六爷朝着门外大声嚷嚷:"嗨呀,城里的医生就是不一样,给的药特有效!"原来,赵六爷家是村里的富户,最近,赵六爷特地采取措施给自己健身:第一加强营养,第二遍访名医。

　　两个老头儿以前在街上碰见了,老远就打招呼,一杆烟袋轮着吸,如今你看,成了冤家。

如果不是后来发生了意外，相信他俩会继续较劲。正所谓天有不测风云，那天夜里，赵六爷刚刚入睡，"咚咚"一阵敲门声把他惊醒，开门一看，是钱七爷的邻居二大娘，抱着钱七爷的孙子跟跟跄跄进了屋。

原来钱七爷和儿子一家原本日子过得和和睦睦，两年前儿子南下去打工，就此杳无音信，儿媳眼见自己丈夫生不见人，死不见尸，昨天晚上留下五岁的儿子和一封信，悄悄离家出走了。今天钱七爷一大早出门散步健身，还不知道家里出了事，一直到散步回家，见孙子一个人坐在门口台阶上哭，一下傻了眼。儿媳在信上说，她去南方寻丈夫，儿子就托钱七爷照顾了。儿媳到底什么心思，钱七爷猜不透，只是看着孙子哭肿的眼睛，听着那嘶哑的声音，他又着急又心痛，一整天，他老泪纵横地抱着孙子呆呆地坐在村头大槐树下，望着村前的大路出神。

晚上，钱七爷就病倒了，倒在床上半天喘不过气来，要不是孙子的哭声引来隔壁的二大娘，说不定人就走了。

钱七爷需要马上送医院抢救，可二大娘刚才敲了五六家的门，没为钱七爷借到多少钱，情急之下便想起了富裕的赵六爷。

二大娘含着泪说："可怜可怜这个没了爹娘的孩子吧！"

赵六爷倒吸一口凉气，刚要转身，忽地又停住了脚步，想了想，叹了口气，说："唉，原本倒是有几个钱的，可这阵子都被我扔进药锅里了，眼下实在是两手空空，你不如再到别家看看吧。"

打发走二大娘，赵六爷再也睡不着了。他先是兴奋：等姓钱的一闭上眼，自己就消了灾，大难不死，没准还有后福呢。可接着他又心跳起来：钱七爷的儿子下落不明，儿媳又外出寻夫，撇下一老一小已够可怜了，如果老的再撒手西去，剩下五岁的孩子怎么办？即使有朝一日他儿子、儿媳回来了，也再没有昔日完整的家了。自己箱子底明明存着一笔刚卖掉牛的钱，怎么就不肯去救救他呢？

他越想越不对头:我真是昏了头了!他狠狠扇了自己一巴掌,赶紧叫醒儿子,让他把钱给二大娘送过去。

钱七爷得救了。得救后的钱七爷天天抱着孙子站在村头大槐树下,望着村前的公路发呆。

赵六爷断定:自己非入土不可了,因为村里不走单口人呀。他吩咐儿子准备寿衣,并且坚决不再吃药了,他躺在床上数日子,计算自己下世的时间。

秋季过完了,迎来了冬天,眼看进入了腊月,赵六爷还活着,到过罢腊月二十三小年,仍不见他家有办丧事的样子。村里人都窃窃私语:"怕是要学财旺的叔吧!"

一直到了第二年的大年初一,在热闹的鞭炮声中,孙子、孙女还给赵六爷拜年呢!

人们闹不明白,老辈子传下来的说法,到了赵六爷那儿咋就不灵了呢?

就连赵六爷自己也纳闷:怕走的时候整天被走撺着,后来索性准备走了,阎王偏偏又没影了。

人们在猜测中,慢慢琢磨出一些道道来,并且,相信迷信的和不相信迷信的竟然达成了共识。他们一致认为:赵六爷和钱七爷本来是要走一个的,可是,钱七爷因家里出了事,有个小孙子缠着,便不能离去;赵六爷在关键时刻把生让给了别人,积了大德,便也留了下来。

后来,两个老头子成了老铁哥儿,隔几天,钱七爷去看看赵六爷,再隔几天,赵六爷去瞧瞧钱七爷。

再后来,钱七爷的儿子和儿媳突然奇迹般地回来了。原来,儿子外出打工受了骗,没赚到钱,自觉没脸面回家,一直在外漂泊,好容易才找到一份如意的工作;儿媳去到南方,顺藤摸瓜,寻了好多日子,终于找到了丈夫,夫妻两人一起返回了家乡。

一家四口团圆了,又开始了和睦的生活。

　　赵六爷和钱七爷仍然活着。有人说,他们躲过了七十三岁这一劫难,就至少能活到八十四岁。

格言启示:

　　社会学家认为,在短暂的人生旅途中,有"三关"影响着一个人的命运,这便是生、结婚和死。"关"前"关"后,往往呈现不同的生命景观,于是"过关"成了一种非常隆重的仪式,而怎样"过关"也成了人们重要的选择。故事中的钱七爷和赵六爷从两个老友发展到一对冤家,有过私心,犯过糊涂,但事到最后,他们不但过了"七十三"这道"坎",而且,还在思想上过了"关"。所以,这则作品切不可当作一般的故事来看,它实际上讲述了一个如何做人与处世的道理。

　　宽恕的是别人,快乐的却是自己。

(吴庆安)

(题图:魏忠善)

才懂女人心

　　大老李这个人是有点粗糙,花花草草的玩意儿一向弄不来,也不擅长搞什么甜言蜜语的浪漫花样。可他老婆就不同了,人家就喜欢讲究个情调啦品位啦诗意啦什么的,为这个,老婆没少和大老李闹别扭。其实大老李老婆挺贤惠的,大老李每天下班回家,总能喝上热水吃上热饭。说句实在话,晚上回到家门,一看见窗口暖洋洋的灯光,大老李心里就特别熨帖舒服,一天奔波的疲劳顿感消失了大半,进了门,老婆也总温言软语地迎上来,接过包问寒问暖的。

　　按说有这样的老婆大老李也该知足了,可他总嫌老婆太爱讲情调,都老夫老妻了,还爱搞谈恋爱的做派,总怪大老李记不住她的生日,不知道情人节是哪天。唉!这不,又到了结婚5周年纪念日,不知道老婆脑袋里又装了什么花样,早上一出门大老李就犯愁:该送老婆点什么好呢?

要不就送老婆一束玫瑰花?她这人看见花店就走不动,每次上街都眼巴巴地盯着捧花的女孩子羡慕不已,没少埋怨大老李从结婚到现在从来就没给她买过花。其实,给老婆买吃的买穿的大老李都舍得,就是觉得买花太不值,花开两天就败了,小时候在乡下,漫山遍野的花随便采,不用花一分钱。

不过今天就算个例外吧,好歹哄老婆高兴呢!

大老李停好车,走进花店,小姐盛情迎上来:"先生,想买什么花?"

"红玫瑰多少钱一枝?"

"20块。"

"这么贵?"

"很新鲜的,刚刚从昆明空运过来。"小姐打开冷柜,让大老李挑选。真要出手,大老李不禁又有些犹豫了:刚才在路边看见有卖草莓的,那么新鲜,个头又大,也不过10块钱一斤,一枝玫瑰能抵得上两斤草莓?前段日子草莓刚上市,老婆要给大老李买,大老李说等些天大量上市了更好吃,其实是嫌太贵,得攒钱买房子不是?老是租人家的房子住,心里到底没有安全感。玫瑰太贵了,老婆的浪漫也太奢侈了。要不,不买花买一袋草莓回去?反正老婆也爱吃水果。于是,大老李折身走出花店。

走在路上,大老李还在考虑:到底买草莓还是买玫瑰?嗨!还是爷们呢!破费一次又何妨?想到这里,大老李一咬牙,转身又回到花店,很豪爽地请小姐扎一束玫瑰花。

小姐忙问:"先生是送给太太吗?"

"是的。"

"那么就选11支吧,加上太太正好一打。我们免收零头,两百元好啦!"

　　大老李不知道买花还有这么多讲究,但夸太太像朵花总是令人开心的,他掏出两张"老人头",抱回一束玫瑰花。

　　坐进车里,大老李不由自主地想:若是将花换成20斤草莓交到老婆手里,恐怕她还拿不动呢!

　　回到家里,老婆出人意料地没有迎出来。餐桌上点着5支蜡烛,烛光下是几样精致的小菜,最诱人的当数桌子正中一大盘鲜艳欲滴的草莓,个个清爽透亮。盘子旁边有一张漂亮的卡片,大老李打开一看,上面写着:亲爱的,结婚5周年快乐!本想送你一枝玫瑰花,又嫌花太贵,不如换了你爱吃的草莓。请洗脸用饭早点休息吧,粥在饭煲里,啤酒在冰箱里,老婆在卧室里。"

　　"我的长不大的浪漫老婆!"大老李冲进卧室,看见她微闭着双眼倚在床头,当大老李把那束玫瑰花凑到她的鼻子前时,她惊讶地跳起来,欢叫着扑进大老李的怀里:"老公,你太宠我了!谢谢你!"老婆灿烂的笑脸与玫瑰花相映,果然如花一般美丽。

　　大老李总算明白了,也许在女人的心里,生活不只需要好看又美味的草莓,还应有浪漫温情的玫瑰。

格言启示:

　　人为万物之灵,而人性又是极其复杂、微妙的,常常表现为矛盾的两重性,明乎此,也就不难解读老婆为什么既爱玫瑰,同时又爱草莓;为什么老夫老妻的,也爱搞谈恋爱的做派……其实,中国文字早就透露了其中的秘密,君不见一个"人"字,左撇右捺,不同方向却相互支撑。

　　爱情不只是一种感情,它同样是一种艺术。

(张　杨)

(题图:箭　中)

给狗当保姆

　　有个叫"傻姑"的姑娘来城里找工作,有人介绍她给狗当保姆,说通俗点就是照顾狗。傻姑起初说什么也不干,后来听说这活儿轻松,而且工资还比普通保姆高出许多,搔搔头也就答应了。

　　傻姑要照顾的小狗名叫"加利",傻姑天天像奴才伺候主子一样,喂加利吃饭,给它洗澡,带它逛公园,晚上还要哄它睡觉。傻姑心眼儿实,伺候加利从不偷懒,没多久,加利就被她哄得服服帖帖,所以女主人对傻姑很满意。

　　这天傍晚,傻姑抱着加利去公园散步,过一路口时,看见一位老太太正拄着拐杖颤巍巍地过马路,就在这时,一辆大货车猛冲过来,眼看就要撞上了,傻姑情不自禁地大叫一声,扔掉怀里的加利,冲上去一把将老太太拉开。

老太太没事了,傻姑赶紧回头找加利,可哪里有加利的影子?

傻姑急得头上冷汗直冒,满大街使劲叫着"加利",可是任凭她怎么叫,怎么找,加利就像从地球上蒸发了似的,就是不见影。眼看天黑了下来,傻姑又怕又累,不知道怎么向主人交代,于是就伤心地坐在路边哭,哭着哭着,竟不知不觉睡着了……

不知过了多久,突然傻姑觉得有人在推她,迷迷糊糊睁开眼睛一看,吓了一跳:是三个穿制服的。他们问她:"你是不是傻姑啊?"傻姑木然地点点头,三个人高兴地说:"总算找到了。"他们把傻姑带回了主人家。

一进门,傻姑惊喜地发现小狗加利已经回来了,此时正躺在女主人怀里,瞪着一对黑眼珠看她呢,原来是聪明的加利自己跑回了家。女主人不知道出了什么事,看看天很晚了还不见傻姑回来,就打了110。

女主人很不高兴,待穿制服的人一走,就虎着脸对傻姑说:"你跑到哪儿去了?你怎么能让加利自己回家?万一被人抱了去,你赔得起吗?"

傻姑觉得很委屈,就把救老太太的事对女主人说了一遍。

谁知女主人听了却冷笑一声:"她能和我的加利比吗?你想学雷锋是不是?以后你还这样,那现在就给我收拾东西走人!"

傻姑好委屈啊,眼泪直往下掉。

这时候,男主人回来了,男主人一听是这么回事,就温言细语地劝女主人说:"生气容易老呵!以后叫傻姑注意点就是了,这么长日子照顾下来了,你真赶她走,一时半会也找不到合适的人。"说着,他搂过女主人就要往楼上走。

女主人一听丈夫的话,觉得也有道理,就顺溜下台阶,把加利往傻姑怀里一塞,教训道:"以后别太死心眼,天大的事也没有我的加利重要,连它身上的毛都不能给我掉一根,明白了吗?"

傻姑好不容易有这份工作,怎么敢轻易丢掉?她眼睛里含着泪花,拼命地点头。打那以后,傻姑简直把加利看得比自己的命还重要,生怕它出一点点的意外,没事就抱在怀里,连晚上睡觉都要起来看好几次。

这天将近中午时分,女主人从外面回来,一路哼着歌上楼,傻姑正抱着加利在逗它玩儿呢,看女主人心情这么好,猜想她一定是在外面碰上了什么高兴事。正想问她吃过饭了没有,突然只听"咚咚咚"一连声响,女主人失脚从楼梯上滚下来,额头上都流出了血。

傻姑慌了,想上去扶女主人一把,可这时她怀里的加利"汪汪汪"地叫起来。傻姑记起女主人平时一再关照过自己,不管发生什么事,加利永远是最重要的,她看看加利,又看看女主人,急得不知怎么办才好,抱着加利愣在那里。

再说女主人,这一跤摔得可真是不轻啊,痛得嘴里不住声地哼哼着。她见傻姑干瞪着眼睛光看着,就是不来扶她,气得张嘴就想骂,可是嘴巴张了几下,却发不出一点声音,于是就伸手招呼傻姑过去。

可傻姑这时却傻劲儿十足,根本不懂女主人的意思,反而把怀里的加利抱得更紧了。

女主人话又说不出,身子又动弹不得,一肚子的气没法发,只好朝傻姑做了个打电话的动作,意思是让傻姑赶紧打电话把男主人叫回来。

可傻姑还以为女主人是在问加利怎么样呢,惊慌地连声回答道:"没事没事,加利好好的,好好的。"她一边说着,一边低下头去一个劲地抚着加利的头,哄着它。

女主人看她这副不开窍的样子,一气之下竟晕了过去……

后来直到男主人回来,才把女主人送进医院。女主人足足在病床上躺了一个月,话倒是能说了,可半边身子还是不能动,家里的钱不得不往药罐子里扔,名贵的加利再也养不起了,只好送了朋友。

朋友要傻姑也跟了去,傻姑不干。傻姑说:"这人比狗还难伺候,还不如回家干农活自在呢!"

格言启示:

关于人人生而平等的命题,相信一般人是有所了解的;近来人们还逐渐意识到,平等概念还包括人格意义,即人或有贵贱之分、高下之别,但在人格面前却是一律平等的。然而不幸的是,在现实生活中,我们却经常看到弱者的人格得不到应有的尊重。比如,雇主与雇员,富人与穷人等,甚至人们的相貌、衣饰等有时竟也成为一种潜在的标准。就此意义来说,这个故事可让我们对"平等"有一个新的认识:平等也是一种对等,正如俗语所说,种瓜者得瓜,种豆者得豆。

人性至深的本质,在渴望获得尊重。

（吴吉烛）

（题图:谢　颖）

智 者 天 地

观察和经验和谐地应用到生活上，就是智慧；最大的决心会产生最高的智慧。

老和尚治怪病

　　有个小伙子，长得眉目清秀，画得一手好画，去年经人介绍，到省城一家私人画苑打工，专门画画出售。他的画得到了许多人的喜欢，所以老板也很欣赏他。但不幸的是，半年后他竟得了一种怪病，满脸肌肉横生，好好的面孔一下子变得疙疙瘩瘩，出现了七条沟八道梁，要多难看有多难看。

　　小伙子对着镜子一照，自己也吓了一大跳，急忙丢下画笔四处寻医问药。他跑遍了大大小小的医院，去过许多家像模像样的美容院，还拜访过各式各样的医生，无论是中草药还是西药，该吃的吃，该敷的敷，可统统没用，不但不见好转，反而越治越严重。

　　好端端一个英俊小伙子，转眼变成个丑八怪，同事见了摇头避开,小孩见了哭喊着逃走,连女朋友也因怕见他而只得忍痛割爱。为此,他非常伤心,一气之下回了家,砸碎了镜子,痛哭了三天,从此闭门不出,谢绝见客。

这一来急坏了他的父母,定要儿子到青龙山寺庙里去求菩萨保佑,以解脱这一灾难。小伙子经不住父母的再三劝说,只好同意去走一趟。

那天,小伙子在父亲的陪同下去了青龙山。可当他一跨进庙门,就引起了一阵骚动,许多人被吓得四处逃窜,有的竟慌不择路钻到了供桌下边。

这时,从里边出来一个童颜鹤发的老和尚,他先朝小伙子看看,然后拉起他走进旁边的客房。双双落座后,老和尚问道:"你能告诉我你的脸是怎么回事吗?"小伙子说:"是一种病吧。""多长时间了?""有半年了。""怎么引起的呢?""不知道。"老和尚笑笑:"你这病也许能治好,我倒很想知道你半年来的经过,你能告诉我吗?"小伙子不觉眼睛一亮,便把自己这半年来的生活和画画情况,详详细细告诉了老和尚。老和尚听得很仔细,最后说:"要治好你的病并不难,只是你得答应我一个条件。"

听老和尚这么一说,小伙子乐坏了:"大师,只要您能治好我的病,要多少钱开口就是。"老和尚摆了摆手:"不,钱乃身外之物,出家人从不言钱。我只是想请你画几张画,不知行不行?"小伙子手一挥,说:"行! 大师要我画什么,尽管吩咐。"

老和尚随即拿出一轴画得十分精细的弥勒佛工笔画,展开后说:"请你照此样画100张。"

小伙子一看,倒吸了一口冷气,脱口问道:"不知大师要那么多弥勒佛画像何用?"老和尚告诉他,寺里正筹划塑一尊弥勒佛,为了便于化缘,以弥勒佛画像赠送给施主是最好不过的了。他讲完这些之后,又捋了捋胡须,说:"在我们这里讲究心诚,心诚则灵。你要是信得过,那就到我们庙里来住,专心画画,到时候你交画,我给药;若信不过我,那就另请高明。"小伙子忙说:"大师如此好心,我一切听您安排!"

就这样,小伙子第二天就扛起铺盖,带了画具,住进了庙里,开始一心一意画画。他坚持一天画一张,除了老和尚来看他以外,他不与任何人接触。

经过100个日日夜夜的奋战,小伙子终于将100张画像画好。老和尚看了以后,不住地点头称赞:"好,画得不错,画得不错呀!"但奇怪的是,他只顾连声夸奖,却只字不提治病的事。记得当初他曾说过"你交画我给药"的话,难道他忘啦? 可小伙子又不便多问,只得耐心等待。

等到第二天,老和尚照样乐呵呵的,还是不提治病的事。小伙子便说:"大师,画像已经完工,我打算今天回家了,可以吗?"老和尚像是猛然记起似的说:"噢,你离家已经三个多月了,是该回去了,免得父母牵挂。那我就不送了,以后有空常来走走。"

这下小伙子急了,忙说:"大师,您还没给我药呢?"老和尚像是一脸疑惑:"药,什么药?"这不,老和尚压根就把这事忘得精光,小伙子不得不挑明:"您不是说,等我画好100张弥勒佛像,您就帮我治好脸上的病吗?"

一听这话,老和尚哈哈大笑起来,笑完后,拿来一面镜子,对小伙子说:"你自己照照,看还要不要用药。"

小伙子对着镜子一照,不觉大吃一惊,满脸疙瘩早已不翼而飞,七沟八梁也不见了踪影,丑八怪又变得眉清目秀了。他一时高兴得没法形容,紧紧握着老和尚的手说:"大师,谢谢您,真是太谢谢您了!"

老和尚摇摇头:"你不必谢我,其实是你自己治好了你自己的病呀!"

小伙子哪敢相信:"不,这不可能,绝不可能!"

老和尚这才笑着道出了事情的原委。

　　原来,小伙子进城打工,除了画钟馗还是画钟馗,整天面对那吓人的模样,病从"眼"入,脸上的肌肉随之就发生了变化。对这种病,药物是不起作用的,所以老和尚叫他画弥勒佛。因为弥勒佛笑口常开,给人以善良、美好、欢乐的感受。小伙子在画弥勒佛时,也就必然跟着笑,跟着乐,时间一长,脸上的病自然就好了。这就叫做"暗示疗法"。

　　听了老和尚这番话,小伙子又对着镜子摸摸自己的脸,转身跪倒在老和尚跟前,一边磕头一边说:"谢谢大师,您不仅治好了我的病,还让我懂得应该怎样画画,我真感谢不尽呀……"

格言启示:

　　孔夫子曾说:"入芝兰之室,久而不闻其香;入鲍鱼之肆,久而不闻其臭。"人的嗅觉何以有此一变?孔子的解释是"与之化矣",即环境改造了人的意思。据此可知,老和尚还是很懂人与环境的辩证关系的。当然,人对环境还是有能动性的,故此,我们也能见到"出淤泥而不染"的人。而正因为此,"不染者"才更值得我们尊敬。

　　在一切创造物中间,没有比人的心灵更美、更好的东西。

(谢元清)

(题图:箭　中)

真正的鸟

　　早些年,北庄常家有个儿子,名叫常宝。

　　常宝从小有个嗜好,就是爱养鸟,从名贵的画眉,到喳喳叫的麻雀,他都喜欢。后来鸟笼子挂多了,常宝索性把它们集中起来,放到一个大屋子里,夏天怕热着,泼上冰凉的井水,冬天怕冻着,放上三四盆炭火。可鸟儿们却不知人意,成天乱飞瞎叫,常宝伤透了脑筋,也没招。

　　常宝的鸟越养越多,渐渐地便在这一带有了点小名气,周围十里八村的人,趁赶集时都来看常宝养的鸟,评头论足,说好说孬的都有。

　　有一天中午,常宝刚喂罢鸟,从门外走进来一个老人。

　　常宝迎上去问:"老大爷,您来看鸟?"

老人笑着点点头。

常宝便陪老人来到养鸟的大房子前,隔着窗子介绍起来。

老人看着满屋子在笼中扑腾的鸟,说:"小伙子,你有兴趣去看看我的鸟吗? 真正的鸟!"

真正的鸟? 难道我这不算真正的鸟? 常宝不明白老人这话是什么意思,便将信将疑地跟着他走去。

不出三袋烟工夫,过了一条小溪,走进一片杂树林,树林里有座瓦房,老人说,那就是他的家。

常宝一进院子就左顾右盼,可是连一只鸟笼也没有看见。

"老大爷,笼子呢?"常宝奇怪地问。

老人朝常宝眨眨眼,笑着指指周围这一片杂树林,说:"这不就是个大鸟笼?"

常宝摇摇头,不解地说:"那哪成啊,鸟不全飞跑了?"

老人拍拍常宝的肩,说:"孩子,你等着。"

他两手往嘴上一按,"嘎——"吹了一声响亮的口哨,只见房前的树枝一颤,传出一声好听的鸟叫。

老人随即又吹了三声口哨:"嘎——嘎——嘎——"立刻,鸟儿的鸣叫声由疏到密,响成一片。

一会儿,从林子里飞出上百只鸟,叽叽喳喳地落在老人院前的空地上,争先恐后地啄着老人撒下的鸟食。

常宝看呆了,也听傻了,连鸟儿停在他的肩上也不知道。

直到过了好一阵子,老人拍了拍地上放着的竹篓,那些鸟儿们才"呼啦呼啦"地飞走。

常宝回过神来,羡慕地看着老人,说:"老大爷,为什么鸟儿都这么听您的话呢?"

"哈哈!"老人拈须笑道,"不是鸟儿听我的话,是我懂它们的心啊! 其实,世上有些东西,还是纯真自然的好呀! 孩子,现在你该明白,什么是真正的鸟了吧?"

格言启示：

养鸟有各种养法，常宝之法为"笼养"，而老人的养法则为"天养"。两人之法相较，前者效果差了些，但却是大多数人的做法，也是世俗的经验之道；后者更接近自然，但操作起来，简单里含着风险，往往难以掌握。古人云：心，性也。老人能摸透鸟的规律，顺乎鸟的天性，让鸟回归自然，里面也含有他多年的教训。由此，很自然地便想起我们的儿童教育。我们看到，有不少父母、教师在教育儿童时，采取的就是"笼养法"，叫他们"非礼勿听，非礼勿言，非礼勿视，非礼勿动"。虽然孩子们乖巧、驯服了许多，但他们创造的天性、游戏的天性，却被抹杀殆尽。类似这样的"笼子"，在现实生活中是经常碰到的，只不过有时不在意罢了。

人心不同，耳目的聪明也因人而异。

（刘　彬）

（**题图**：黄全昌）

童眼看佛

　　从前有座寺庙,老方丈为了香火更旺盛,特地从京城请来一位姓王的艺人,在正殿上塑起一座八米高的佛祖金像。

　　完工那天,举寺同庆,大家纷纷称赞王艺人手艺高超,寺庙里香火不断,香客络绎不绝。王艺人一看这情势,拿了工钱之外还额外向老方丈提出要黄金百两,作为酬谢。

　　老方丈不是不肯给钱,只是一时拿不出这么多银两,所以犹豫着没有吱声。

　　王艺人傲慢地对老方丈说:"这样吧,三日之内,如果有人能从这座佛像身上挑出一处毛病,我无话可说;可如果挑不出的话,就别怪我开口了。"

　　老方丈无奈,只得答应,并把王艺人的意思告诉了大家。

于是众僧侣纷纷来到佛像前仔细观看,原本是想去挑毛病的,可看着看着,却都又情不自禁地夸赞起来。老方丈忍不住自己亲自去看了个仔细,可也确实挑不出什么毛病来,这王艺人的手艺确实不一般啊!

可是,百两黄金对一个小小寺庙来说毕竟不是小数目,于是老方丈第二天就去请附近的村民一同来挑毛病。老方丈平时行善积德人缘颇广,村民们一听是这么回事,都想替老方丈解难,可是大家来看了佛像后都交口称赞,别说挑毛病,就是连半点不好听的话都没有。

眼看着到了第三天,老方丈已经不抱什么希望了。这时候,大殿里走进一位村妇,手里还抱着一个不满五岁的儿子。母子俩在佛像前看来看去,母亲不住地赞叹,儿子也像个小大人似的一本正经地看着大佛。

就在母亲抱起儿子准备离去时,儿子突然附着母亲的耳朵说:"妈妈,这佛像有个毛病。"

母亲很惊奇,大声地责备儿子道:"你瞎说啥啊,佛像身上怎么会有毛病?"

母亲这话让一旁的老方丈听到了,他半信半疑地走上前,问道:"孩子,你说说,佛像身上有什么毛病啊?"

小孩子看看老方丈,又看看他的母亲,说:"大佛像的手指有毛病。"

老方丈给逗乐了:"手指有什么毛病啊?"

小孩说:"佛像的手指太粗啦。"

他母亲在一旁直摇头:"手指粗也算毛病?你这孩子,真不懂事!"

老方丈一听也笑了,叹了口气,准备离去。

小孩子见两个大人都不理他,生气地大声说:"佛像的手指就是太粗啊!手指粗了,怎么能伸进鼻孔里去挖鼻屎呢?挖耳屎也不行呀!"

老方丈和小孩的母亲都被小孩这话给说愣了。

老方丈扭头仔细一看佛像,发现小孩这话说得没错啊,佛像的手指确实比鼻孔粗。他喜出望外:"这确实是个毛病,还是个大毛病哪!"他一边谢过母子俩,一边对着佛像直感叹:"这么多大人都挑不出的毛病,竟被一个小孩子给发现了。"

当晚,王艺人得意洋洋地来讨要百两黄金,老方丈微笑道:"不忙,你先去看看佛像的手指吧。"

王艺人一惊,连忙去佛像前查看,这才发现手指的比例果然有点问题。他仰天长叹道:"王某学艺不精,惭愧呀,惭愧!"说完,就收拾行李向老方丈告辞,从此再没了踪影。

老方丈望着王艺人的背影,沉思良久,自言自语道:"阿弥陀佛,原来每个人的眼睛看到的东西都是不同的……"

格言启示:

儿童眼睛很厉害,不但外国有看出"皇帝没有穿衣服"的,中国也有能看出佛像"毛病"的。不过,是不是儿童真的就比成人厉害?未必!只是儿童肯讲真话,而成人有时就不讲真话。又如,儿童看问题敢于"佛头著粪",而成人的眼光却往往被世俗所遮蔽,如此一来,三尺儿童就占了许多便宜。也正因为此,中国哲学也有提倡"童心说"的。

诚实是最好的处世之道。

（马　强　搜集整理）

（题图:黄全昌）

纽扣不是问题

　　喝完同事的喜酒,天已经暗了,小杨挤上公交车打道回府。上了车,人刚站稳,他低头一看,心里不禁"咯噔"一下:新买的西装上有颗纽扣不见了。明天有一个重要活动要参加,而他就只有这一套正装,小杨很懊恼,车一到站,就下去配纽扣。

　　小杨走进商店,指着西装上的纽扣问营业员:"请问有没有这种纽扣?"

　　营业员看了看,说:"应该有吧。"她弯下腰,先后拿出了几种,可小杨一对照,不是形状不同,就是颜色不对。

　　小杨只好换了家商店,可是挑来拣去,最后也没有找到。

　　这时,手机响了,是老婆打来的,催问小杨怎么还不回家。小杨说:"手头有事,正忙着呢,一会儿就回来。"

放下手机,他一想,城东的南阳商业楼比较大,不如去那里看看,于是就挤上了去那里的公共汽车。

好不容易赶到南阳商业楼,一看,那里的纽扣品种尽管齐全,却也没有能配得上的。小杨站在柜台前不停地嘟哝着,他没想到配一颗纽扣竟这么麻烦!

营业员见小杨急成这样,就指点他道:"去北光大厦吧,那里的纽扣品种尽管没我们这里全,但进货渠道和我们这里不一样,我们进的是广东货,他们都是从浙江进货,说不定那里就有你需要的这种纽扣呢!"

小杨谢过营业员,一看时间已经八点半,再过半个小时人家北光商厦就要关门了,可北光商厦在城西,坐公共汽车绝对来不及,小杨只好打的。

十五分钟后,小杨终于赶到北光商厦。他按着门卫的指点,气喘吁吁地跑上二楼,指着自己身上的西装,问正在收拾东西准备下班的营业员:"这种纽扣,你们这里应该有吧?"

营业员朝小杨身上一瞅,然后走过去拿出一种纽扣,放到一起一对照,摇摇头说:"这是最接近的了,这都对不上,那我们这里就没有了,你还是去别的地方找找吧。"

小杨急了,央求说:"麻烦你再找找好不好?"

营业员有点儿不耐烦:"你这同志怎么不相信人?我说没有就没有,有生意我还不做?"

小杨心里着急,说话就更直:"你怎么态度这么恶劣?你不要忘了我们顾客是上帝!"

那营业员也不客气,说:"我已经回答你了,没有就是没有,再找一百遍也是没有。你不满意我的服务态度,就去经理那里告呀!"

经理正在前面柜台巡查,听到这边发生了争吵,就跑了过来,一问是这么回事,便对小杨解释说:"同志,不好意思,我们没有能满足你的需求,我们一定改进服务态度。不过缺货也是事实,你不如赶快去别的商厦看看吧……"

经理正说着话呢,这时候小杨的手机又响了,一看又是老婆打来的。小杨没好气地朝老婆吼道:"我的西装纽扣掉了一颗,整个城都找遍了,都没找到同样的。我明天还要穿它呢,都快急死了,你就别烦我了好不好?"

谁知老婆听他这么吼,却在电话那头笑了!老婆说:"看看,一颗纽扣就把你急成这样,亏你还是男子汉呢!你为什么非找一颗同样的来配呢,全部换成另外一种不就得了?"

老婆一句话,让小杨豁然开朗,他赶紧对营业员说:"不好意思,不好意思,刚才我的态度也不好,向你道歉。现在,你能不能按照这西装扣眼的大小,索性给我另外配一副纽扣?"

营业员顺势下台阶,也就热情地一下为小杨选了好几种。小杨发现每一种都能跟衣服配起来,他开心极了,闭着眼睛抓了一副,付了钱,吹着口哨走了。

格言启示:

故事虽然讲"纽扣不是问题",但实际上说的却是一个大道理,即解决问题需要讲究科学的方法论,不能思维僵化,一条胡同走到底,否则,只会碰得头破血流。

思想若是跳不出习惯的圈子,就会变得墨守成规。

(吴 为)

(**题图:**安玉民)

下水道堵了

　　楼组长老郑发火了！这个月下水道已经是第三次堵了，自己又得挨家挨户去敲门，在抱怨声中收疏通下水道的钱，就好像是自己把下水道堵了似的。老郑在心里暗暗发誓：这次一定要查个水落石出，看到底是谁家不讲公德。上次排堵，掏出来的是一团烂鱼头，再上次掏出来的是一条小毛巾，看这次掏出来的到底又是什么东西。

　　老郑请来了通管道的师傅，自己站在旁边两眼死盯着看。结果，掏出来的东西让老郑看傻了眼：是一条女式黑色绣花内裤。老郑从口袋里掏出早已准备好了的透明塑料袋，将这东西收了进去，他决定马上就开始查。

　　堵的这一根管道在楼的西侧，牵涉到楼上楼下五户人家。

顶楼一家出去旅游有些天了,应该和他们无关;四楼那家女主人是个大块头,这么个小东西她怕是穿不进去的;自己住三楼,当然能保证;而二楼的女主人整天打扮得妖媚吓人,一楼的女主人是便利店的老板娘,看来这两家是最有可能了。

老郑打定主意从一楼查起,他敲开了一楼的门。老板娘一看是楼组长老郑来了,讨好地说:"怎么,查出来了?谁家这么缺德,查出来就狠狠地罚!"老郑心里暗自冷笑:别看你这会儿说得挺在理,大多都是做了贼先喊捉贼的。他把手里的塑料袋朝她面前一扬,说:"一个月堵三次,实在太过分了,这回非得查明白不可。这就是刚才从管道里抽出来的东西,你先认一下。"

老板娘开始还以为是什么东西,一看是这个,气得双目圆睁,扭身冲进里屋,不到两分钟就回转来,把一堆花花绿绿的女式内裤捧在老郑面前,嚷着:"我们家虽说不上是大款,可我也从来不穿那几元钱的地摊货。你看好了,我这都是'黛安芬'。"老郑可架不住她这么闹,脸都红了。那通管道的师傅刚走到楼门口,听到他们的对话,回头瞅着老郑"吃吃"地笑,慌得老郑连忙收腿上楼。

老郑不愿善罢甘休,鼓起勇气又去敲二楼的门。二楼这户是有钱人家,男的据说做生意发了财,他老婆成了阔太太,平时进进出出气儿挺粗,此刻开门一看是老郑,开口就说:"怎么,钱不够?是啊,现在什么都涨价,通个管子也得加钱了呀!加多少?"一边问,一边扭身就要去拿钱。

老郑急忙朝她摆手:"你别光钱钱钱的,我给你看个东西,堵管道的东西人家师傅给掏出来了,现在想让各家认一下……"老郑说着,就又拎起了手里的塑料袋。

阔太太眼睛一扫,鼻子里就"哼"了一声:"这种东西我穿过就扔,还洗什么!以后你别来找我。"说着,就要关门。老郑一时没了辙,只好悻悻地回自己的家。

老郑原本以为只要把东西抓在手里,不怕查不出主,可看似挺简单的事,现在他倒不知道怎么查下去了。老伴笑他说:"这种事情本来就是无头案,就算是谁家的,你问到了,人家还会承认?"老郑想想确实是这么回事啊,可难道老是让这种事成无头案?他赌气地朝床上一躺,翻来覆去地折腾了大半天,终于有了主意。

第二天,老郑在楼道里上上下下溜了不知多少趟,终于遇到了他要找的每一家的女主人,分别对她们说同样一句话:"那东西找到主儿了,是男人来领的。男人说了,老婆做事不地道,自己偷着领回去算了。"

当晚,老郑美滋滋地在阳台上歇凉,老伴不明就理,问他到底唱的是哪出戏,老郑"嘿嘿"笑了,咬着老伴的耳朵说:"你就等着看戏吧,这两天家里吵起来的,八成就是那家干下的好事。你们女人都是小心眼,听到男人领回东西还要在背后讲她坏话,不吵翻了天?"

老伴一听愣住了:"你个死老头子,一把年纪了,居然想得出这种办法!"

老郑长叹一声:"我这不也是被逼的呀!现在管什么都不容易,谁不讲公德,我就得想法子治治她。"

老郑累了一天,当晚早早就上了床。正迷迷糊糊睡着呢,突然,一阵砸门声吓得他的心"怦怦怦"狂跳起来,原来是四楼的胖女人找上门来了。

胖女人气呼呼地问老郑:"那东西是不是我老公给拿走的?"

老郑一时转不过脑子来,看着胖女人的身材,怎么也想不明白那小东西她能穿得进去?

胖女人见老郑不答话,信以为真了,一屁股砸到老郑家的地板上就号啕大哭起来:"我就知道他和那个狐狸精没断,我不活了……"

　　老郑和老伴吓得手足无措，说尽好话，最后还是老伴悄悄把那个塑料袋拿出来给胖女人看，说明东西并没有让人拿走，只是老郑要想法子让人家承认，这才把她哄上楼去。

　　这一来老郑全然没了睡意，心里闷得慌，就想出去转一下。刚下到二楼，就让阔太太给抓了个正着。阔太太把老郑请进门，说："你开个价吧，我知道那东西一定是我丈夫拿走的。只要你肯作证，钱我不会少给。"阔太太说话的声音就如她的面孔一样冰冷。

　　"你说什么？"老郑表面上装糊涂，心里却已经在叫苦不迭了：糟糕，我怎么把事情越办越复杂了，这还怎么收场？

　　阔太太以为老郑是在思想斗争，到底要不要为她作证，就进一步劝道："你不用替他遮掩了，一定是他。他那点事我都知道，我正在搜集他有外遇的证据，你就帮帮我吧，我一定不会亏待你。"

　　老郑吓得哪里还敢听下去，两步三步就逃了出来，他哪儿也不敢再去了，赶紧回家。

　　他老伴正苦着脸呆坐在那里，见他回来了，直把他好一阵数落："你逞什么能？你不就是个楼组长，我看你还能怎么办！"

　　老郑懒得搭理老伴，独自朝床上一躺，蒙着头不说话。他一夜没睡好，第二天一早刚起床，还迷迷糊糊着呢，就听一楼传来便利店老板娘嘶哑的哭闹声："你说啊，你这一晚上都去哪儿了？啊，你给我老实说！"

　　老郑心里一惊。

　　只听便利店老板的声音更加理直气壮："我就是去她那儿了！你不是说只要我不把她带回来就行，你还闹什么？我哪个月没少给你钱？"

　　"你敢说你没带她回来？"又是老板娘的声音，"我就知道那东西是你偷着去拿的，你还不承认？你敢跟我找老郑去？"

　　老郑听到这里,两条腿顿时软得站都站不住:这下坏事儿了!

　　老伴气得直骂他:"你这是何苦啊!"

　　半个月之后,五楼那家度假的回来了,上下邻居见了就互相寒暄:"都好啊?"

　　"都好啊!"

　　"有什么新鲜事?"

　　"没什么新鲜事。噢,对了,三楼老郑和他老伴不知为什么事吵起来了,一个去了儿子家,一个去了女儿家……"

格言启示:

　　世界上的事,怕就怕"认真"二字,或者说"认真"二字最为可怕。为什么? 以此故事为例:故事中老郑"认真"的态度及行为,不但惹恼了他人,且也祸及自身,此一怕也;有了老郑的"认真"劲儿,我们看到了不太正常的社会时弊,此二怕也;社会现实被作者很认真地用哈哈镜放大、夸张,此三怕也。然而,社会的进步、风气的好转,全在于咬住"认真"不放松。有了"认真"的精神,"大乱"都可以得到"大治",那家长里短的小事,又何惧哉!

　　不要过分在意他人的声音,尽本分最重要。

　　　　　　　　　　　　　　　　　　　　(九　斗)

　　　　　　　　　　　　　　　　　　(题图:王申生)

难关是自己

　　阿超是公认的好人,可好人却被小人暗算,吃了冤枉官司。官司一结束,阿超就病倒了,一检查,患了肺癌。

　　家里人和阿超的亲朋好友赶紧为阿超找神婆占卜,还有的到寺庙替阿超求签。

　　但折腾下来,结果不一,有说阿超的病是前世造下的孽,有说阿超得病是因为得罪了小人,也有说阿超是身子骨里进了邪气。

　　阿超自己呢,躺在家里心乱如麻,情绪低落,他对治疗根本没有信心,总觉得自己是命中有难,在劫难逃。

　　这天,一好友来访,带来一位"高人",说此人能帮助阿超逢凶化吉。

　　高人年过半百,精神矍铄。他仔仔细细打量了阿超一番,果断地说:"有救有救,十天后就见分晓。"

　　阿超疑惑地望着高人,希望他能说出一点具体的道道,可高人只是拍拍阿超的肩,嘱咐他去洗个澡,理个发,说是十天后让阿超请他喝茶,说罢就走了。

　　阿超对他的话将信将疑,从第二天开始就数着日子过。咦,他果真觉得自己的精神一天比一天好,到了第9天上,他真就去洗了个澡,理了个发,准备第二天请高人喝茶。

　　第十天上,高人如期而至。

　　阿超激动地握着高人的手说:"谢谢,谢谢,你救了我的命啊!"他拉着高人喝茶、聊天、下棋,感慨地对高人说:"我有一事不明白,为什么我这个公认的好人会遭此灾难,而那些作恶多端的人却没病没灾?这世道真是太不公平了!"

　　高人朝他微微一笑,说:"其实,这世界每天都会发生不明之事,每个人都会有他的不足。但生病不是哪个人的错,何须计较?我看你还是该干啥干啥去吧!"

　　高人的话似乎答非所问,但有一句阿超是听进去了:既然生病不是哪个人的错,也就无须计较,我就好好治吧。

　　很快,阿超找医生动了手术。

　　手术很成功,但医生告诫他说:"这个病,五年之内是危险期,容易复发;五年之后,才脱危险。"

　　如何才能安然度过这五年的危险期呢?阿超忐忑不安地去向高人请教。

　　高人问他:"你相信科学还是相信命运?"

　　阿超说:"我都信。"

　　高人说:"那好。那你就继续做你的好人,继续行善;另外,除了配合医生继续治疗之外,我建议你去学打太极拳,而且一定要坚持;然后,该干什么干什么。四年之后的今天,你再来找我,我会告诉你最后一年怎么逃过劫难。"

因为尝过那十天的甜头，阿超对高人的话十分相信，从此，他就按着高人的指点，不再去怨天尤人，行善，治疗，打拳，该干什么干什么。

四年的时间，他觉得一眨眼就过去了，但到了那一天，高人自己没有出现，而是托人捎来口信，让阿超去省城一家大医院，找一位姓刘的医生。

刘医生给阿超做了详细的检查，说他的病情很稳定，不过还是善意地提醒他，千万麻痹不得，复发的可能性还是存在，不能放松警惕。

阿超听了不以为然，说："放心，我有高人保我过关。"

刘医生朝他直摇头："真正能保的只有你自己，任何人都不能代替你的位置。我们医院有一位病人，25 年中患过三种癌症，肺癌、胃癌、肝癌，而且隔几年就转移一次，每次治疗都面临着死亡的威胁。但他始终坦然面对，坚强而乐观，所以最后总是出乎意料地挺过来了。"

阿超连连叹道："唉，这个人的命怎么这么惨啊？"

刘医生说："今天这位病人也要来，我带你去见见他。"

阿超很想见一见这位可怜的病友，如果可能的话，他想请高人帮他逢凶化吉。

阿超跟着刘医生来到病房，见几个病人正在聊天。刘医生正想为阿超一一介绍，其中一个正在打点滴的病人一回头，大声喊起阿超来："啊，我们又见面啦！"

刘医生朝阿超一努嘴，说："就是他！"

阿超做梦也没有想到，刘医生说的那个倒霉的病人，竟就是他信服的高人。

阿超不解地问："你……你不是会算吗，怎么不给自己算算呢？"

高人哈哈大笑起来："年轻人,什么叫命运？命运其实就是你面对人生的态度。天下没有跨不过的关,要说真有难关的话,这难关往往就是你自己。来,来,来,咱们还是来下盘棋吧!"

高人是否能再次安然无恙,未有下文,但阿超却从此不再怨命了。

格言启示:

雨果曾说："所谓活着的人,就是不断挑战的人。不断攀登命运峻峰的人生的意义,在于不断努力创造,登上高峰。"受苦的人们常常抱怨多舛的命运,而去寻求一个身外的庇护神。殊不知,真正缔造奇迹、创造幸福的"神灵",就是你自己。

你要学会做自己的主人,指挥你自己的心。

(梁红芬)

(题图:黄全昌)

心想梦成

　　一个叫杰克的美国人,在中国内地的风景区建了个度假村。由于生意忙,很久没能回家和家人团聚,他十分思念他的故乡,一个靠近海边的小镇。

　　一天,他突发奇想,在职工大会上宣布:谁要是能让他做一个梦,梦见自己坐着船乘风破浪地回到大洋彼岸的海边小镇,就奖励他一千美元。

　　职工们都觉得这事儿挺有趣,加上又有丰厚的奖金,于是就各自开动脑筋想起办法来,有的闭目冥想,有的搔首挠耳,但是他们很快便得到一个共识:除非有特异功能,否则谁也不能给别人一个按自己意愿去做的梦。

　　没想到,有个中方雇员站了出来,说他能帮杰克实现这个愿望。"真的吗?"杰克看着这个貌不惊人的年轻人问。因为他知道,自己只是思乡心切而开一个玩笑,哪怕自己出百万奖金,也没人能创造出一个这样的奇迹来。

可是这个年轻人却斩钉截铁地说:"真的,我能有办法。但是,你必须到我给你安排的房间睡觉。"

当晚,杰克被年轻人领到指定的房间。"愿你做个好梦!"年轻人给他道了晚安,便轻轻退出房来。杰克满腹狐疑地在房间里踱来踱去,时而摸摸床铺,时而敲敲墙壁,可是无论怎么东查西找,也看不出房间里有什么奥妙。杰克心里顿时升起一种被人愚弄的感觉,心里暗暗发誓,如果这个雇员胆敢欺骗他,他一定会加倍地给以惩罚。

上床后,杰克怎么也睡不着,老是惦记着这个做不成的梦。他闭目冥想,回忆着自己故乡的万种风情:蔚蓝的大海、游弋的汽艇、家庭的亲情……耳畔,似乎响起了地球那边大海的阵阵涛声。想着想着,杰克觉得眼皮越来越沉重,恍惚中就进入了梦乡。奇怪的是,梦乡中的杰克清楚地感觉到自己是睡在轮船的头等舱里,枕着浪打船舷的涛声,飘洋过海回到了故乡,妻子儿女奔跑着出来相拥迎接,镇上的人也先后来到他家里,听他讲中国的故事……

忽然,梦醒了,天也亮了,这时候,镜子里照见的是杰克那张惊骇的脸。当年轻人来到他面前的时候,他手里递上一千美元,嘴里却一直念叨着:"魔鬼,简直是魔鬼!"

年轻人推开杰克的手,说:"钱请收回吧,我欣赏的是你这份思乡的感情!"

"不不不!"杰克摆摆手,"我说过的话从不收回,这钱是你应得的。既然你不肯接受,那就暂且留在我这儿,以后总有给你的时候。"不过,杰克一定要年轻人说出他使的到底是什么魔法。

"我没有魔法。"年轻人坦率地说,"因为你的房间下面是抽水的泵房,而你床的位置又正好在抽水机上面。由于机器的震动,抽水时的潺潺水声和你浓郁的思乡情结,把你引入了故乡之梦。"

"啊,真了不起,聪明的中国人!"杰克不由得竖起大拇指直夸,眼睛里流露出对这个年轻人无限的敬佩。

格言启示:

梦是一个常见的但又神秘莫测的现象。说它常见,是因为我们每一个人都有过不止一次做梦的经历;说它神秘,又因为它突如其来,其内容往往荒诞无稽,使做梦者百思不得其解。所以古往今来,就形成了有关梦的各种说法,中国的,外国的;还产生了不少解梦的大师。上面这则故事中的那个年轻人,虽然并不是一个解梦师,但他绝对是一个聪明人,他创造一种"航行"的环境,让杰克处于被催眠的状态,最后心想事成。当然年轻人之所以成功,还由于他对杰克所做的诱导和暗示,以及对杰克其人思乡情结的理解,否则,那种糟糕的"航行"环境还不适得其反?所以,就此而言,我们认为所有的梦实际上除了客观环境以外,还和做梦的主体有关,从哲学上来说,是一种主观与客观的统一。

聪明的人,总是用别人的智慧填补自己的大脑;愚蠢的人,总是用别人的智慧干扰自己的情绪。

(胡德履)

(**题图**:箭　中)

善 恶 有 报

　　好人,总是记住自己的过失,忘却自己的善举。恶人就恰恰相反,只记住自己的"善举",忘却自己的罪过。

倒霉的交易

　　清朝年间，城关镇上有个曹员外，经常背着妻子在外面寻花问柳。有一年，他在青楼里搭识了一个烟花女子，于是就嫌自己的妻子碍事儿。可是他妻子是个非常泼辣的女人，曹员外想把妻子杀了，有贼心又没这个贼胆，思前想后没想出什么法子来，心里十分烦恼。

　　这天，曹员外经过县衙门时，只见两个衙役抬着一个破衣烂衫的男人，像扔垃圾一样把他从衙门里扔出来，叫他快滚，滚得越远越好，可那个男人就是不肯，赖在衙门前不走。

　　曹员外觉得奇怪，一打听，才知道这个男人叫侯白仁，平时好吃懒做惯了，扔下家里的老母不管，整日里在外面干偷鸡摸狗的事，被人抓住了就给打得半死。这次，他偷人家地里的红薯，被送进衙门关了几天,不想这一关他却不想出来了,因为牢里虽苦,却好歹有碗现成的饭可以吃。

曹员外听着听着,脑子"忽"地一亮,上去对侯白仁说:"兄弟,别赖在这儿了,走,大哥我请你喝酒去。"一听有酒喝,侯白仁也不管这人认识不认识,一骨碌就从地上爬起来,跟着走了。

来到一家酒楼,曹员外点了一桌好菜,还要了一壶好酒。侯白仁从来没吃过这么多这么好的酒菜,迫不及待地举起筷子就大口大口往嘴里塞。塞得差不多了,才眨眨眼睛问曹员外:"你是谁? 你为什么要请我喝酒?"

曹员外反问道:"听说你喜欢呆在牢里?"

侯白仁点点头:"是啊,吃饭不用愁了嘛!"

"你真还想进去?"曹员外追着问。

"那当然,"侯白仁说,"我是得想个法子,再进去呆它几天!"

曹员外"嘿嘿"笑了:"如果你真喜欢坐牢的话,我倒是可以帮你。"

"此话当真?"侯白仁的脸凑了上来。

曹员外说:"不瞒你说,我妻子向来蛮横霸道,我想做了她。到时,你只要替我承认这事是你干的,就行了。"

侯白仁吓一跳:"你要我杀人? 这不行,杀人是死罪,要砍头的,进去就出不来了。"

曹员外说:"我哪里是要你杀我妻子,我会先想个办法,让我妻子撞墙而死,到时候你就说是你在我家偷东西,被我妻子发现了,她抓你时不小心滑了一跤,脑袋正好撞到墙上,撞死了。这样,你就不会被砍头,却可以在牢里呆上几年。"

侯白仁还是有点犹豫:"这能行吗? 真不会被判死罪?"

曹员外拍拍他的肩说:"兄弟,你替我担了这事,我绝不会亏待你的。我有钱,我给你500两银子,怎么样? 你拿了这笔钱,既可养你老母,以后从牢里出来了,自己也有花的,这几年就吃吃牢里的饭,这不挺好?"

一听曹员外能给 500 两银子,侯白仁马上点头答应了。曹员外怕侯白仁反悔,当晚就把银子送了过去。

第二天晚上,吃过晚饭,曹员外故意假装陪妻子在院子里散步,趁她不注意的时候,猛揪住她的头就往院墙上撞。由于出手狠,没撞几下,妻子就头破血流倒地身亡了。妻子一死,曹员外立即奔县衙报案,县令听他如此这般一说,就命衙役即刻捉拿侯白仁,当堂审开。不想侯白仁一口咬定:"青天大老爷,小的今儿个一直都呆在家里,根本没出去,不信你可到我左邻右舍查问。"

县令着人一调查,果然左邻右舍都替侯白仁作证,县令便把曹员外喊了来。曹员外见侯白仁没替他把事儿担下来,知道遇上麻烦了,又气又急,头上的汗水成串成串直往下淌。案情自然很快就水落石出,曹员外谋害妻子被关进死牢,只等秋后问斩。

曹员外心有不甘,他买通牢里的看守,把侯白仁叫了来。看到这个拿了自己 500 两银子却又悔约的人,曹员外恨不得剥了他的皮:"你这个狗东西,为什么拿了我的银子还要害我?"

侯白仁慢条斯理地说:"这事得怪你自己啊!我既然有了这么多银子,干吗还要呆在牢里?"

格言启示:

此故事颇有黑色幽默的味道。有些读者可能以为曹员外错就错在不该一开始就把 500 两银子交给侯白仁,若分批付款或事后给钱,侯白仁就难钻空子。其实,这只是事情的表象,原因与结果的因果链,注定了曹员外以害人开始、以害己告终的悲剧结果。故古人有言:"善恶到头终有报,只争来早与来迟。"此言信然。

怎样思想,便有怎样的生活。

(张伟良)

(题图:黄全昌)

好心的回报

　　石根是一个船工，在黄河边往返摆渡送客。他心里有杆秤，大凡老弱病残者过渡，他一律不收费。

　　这天晚上，石根在睡梦中被急促的敲门声惊醒。他开门一看，是一个神色焦虑的中年人，说他是镇中心医院的大夫，对岸有一个垂危的病人需急救，问石根能否马上送他过河。

　　这天晚上没有月亮，只有几颗寒星闪着微弱的光。而黄河这天正值大汛，波涛汹涌，在这种时候绝对是禁渡的。石根虽然渡技不错，却也从未敢在这种情况下出船，所以心里十分犹豫，没有敢一口应承下来。

　　大夫一看他这个样子，急得要跪下来求他。石根最受不了人家这样，一横心，从牙缝挤出一个字："走！"

黄河边涛声隆隆,浊流似一条巨龙上下翻滚,气势夺人,大夫看这阵势,不由吸了口冷气。

上了船,石根让大夫抓紧船帮,自己解开绳缆,就驾船用力向对岸划去。小船在波涛中上下起伏,如同风中摇摆的树叶,随时都有被翻沉的危险。此时石根心里有些后悔,但他还是咬紧牙关,使出了浑身解数,借着黯淡的星光,睁大双眼,紧张地注视着河面,回避着急流漩涡,双手拼命地划着桨。小船在急流中艰难地行进着,大夫紧张得几乎要昏过去。有好几次差点翻了船,幸好半个小时后,船顺流漂到对岸……

一星期后,那个被石根渡过河的大夫,又去黄河对岸出诊。他对石根说,那天如果不是石根伸手相助的话,那个病人就没命了。

石根问他:"这个病人是不是天岭中学的一个学生?"

大夫奇怪道:"你怎么知道?"

石根激动地说:"昨天我儿子放假回来,说起这桩事,我就猜想,说不定救他的就是你!"

格言启示:

这个故事初看起来似乎是在讲因果报应,其实,往深处想去,它是在提倡一种比较朴实的伦理观。石根于无意之中救了儿子的一条命,只是一个"偶然性"而已,但究其根底,是他平时的一贯做法,因此,按逻辑的推理,这偶然却又是必然的。在我们的生活世界里,像故事中"黄河大汛"一类的考验是很多的,要涉险过关,得靠自己平时的修身与励志。

做一个好人,做好一个人。

(王中云)

(题图:魏忠善)

天 不 容

　　陕州城往西15里,有一个叫周家铺的小山村,村西头住着一户人家,主人姓周,人称周老爹,是一位年逾花甲的老人,一年四季靠打柴、卖柴度日。

　　这天是陕州城集会的日子。以前每次集会总是热闹非凡,但自从日本鬼子占领陕州城以后,赶集的人就少了起来,生意显得十分惨淡,一担百多斤的干柴,连一升小米也换不到。

　　可山里人总要过日子呀!周老爹没办法,便将头一天上山打下的一捆干柴早早地劈成柴爿,用绳子扎好,挑到城里去卖。

　　周老爹气喘吁吁地将柴担到了城里,可好半天连个来问价的人都没有,他只好将柴担支靠在一家店铺的门外墙边,自己蹲在那里不停地抽旱烟。直到后半晌,来了一个"刀疤脸"日本兵和一个翻译。那刀疤脸看了看周老爹的柴担,"乌里哇啦"地说了些什么,翻译弯下腰,"咳"了一声,赶紧命令周老爹把柴担挑到一个大院里。刀疤脸塞给翻译两个铜板,翻译趁周老爹不留神,悄悄把铜板揣进口袋里,然后就打发周老爹走人。周老爹说:"老总,你总得给俩钱呀。"那个刀疤脸眼一瞪:"八格牙路,快滚!"说着狠狠地踢了周老爹一脚,又唤来一只狼狗,朝周老爹扑去。周老爹知道跟日本鬼子没有道理可讲,只好忍着气一瘸一拐地离开。

周老爹默默地在街上走着,刚走到街头,忽然天上阴云密布,雷声大作,眼看大雨就要来临,人们都慌慌张张地各自向家中奔去,周老爹上了年纪,加上腿又被狼狗咬了,跑不动,只好加快步子顺着大路走。

雨越下越大,"哗哗啦啦"直往地上倒。周老爹一想,得找个地方躲一躲,他看到路旁有个破窑洞,于是就钻了进去。这时随着一道电光闪过,天上"咔叭"响了一声炸雷。

外面不断有人跑进窑洞来,一会儿,洞里就来了七八个人,一片嘈杂声,"乌里哇啦"的。周老爹一听头皮就发麻:原来进来的都是些日本兵。再偷眼看身边,发现左边是买他柴的刀疤脸,右边是那个汉奸翻译!周老爹心里不由暗暗叫苦。

外面又是一声炸雷,随着惊天动地的声响,一块块土碴突然从窑洞顶上落下来。这一下,洞里的嘈杂声顿时停止了,大家一个个瞪大眼睛看着窑顶。

雷声越来越密,一声接着一声地响,而且就在窑洞顶上炸开。翻译咕哝道:"这雷声真怪,肯定我们这里面有造孽的人,得罪了上天,上天要惩罚他,我们不能让他在这里,不然大家跟着他倒霉!"

刀疤脸二话没说,揪住周老爹的衣领就把他往外推。

周老爹说:"你怎么能这样?我虽然穷,可一辈子没有做过一件伤天害理的事,不像有的人,烧杀抢掠样样干,那才叫造孽哩!"

刀疤脸没有听懂周老爹的话,翻译立即附耳过去。刀疤脸一听,立刻怪叫了一声:"八格牙路,滚!"一边叫一边抬脚就往周老爹身上踢去,周老爹猝不及防,跌出洞外。

就这一刹那,窑顶划过一道闪电,接着一声巨响,窑洞塌了下来。

周老爹简直不敢相信眼前发生的一切,他"扑通"跪倒在地,对着天空重重地磕了三个头,这才起身向家中走去……

格言启示:

这是一则流传甚久的故事,社会上有许多种不同的版本,都是说恶人做坏事终遭报应的。正所谓"不是不报,时候未到;时候一到,全部报销"。用辩证唯物主义的眼光去看,故事中的"天"是虚拟的"存在",它寄寓着人们的愿望和理想。日本鬼子与汉奸遭遇天之霹雳,纯属偶然,但他们不光彩的死却是必然的。所以,人们对于这偶然的事也就信而不疑了。

谁含血喷人,谁自己也会被血喷倒。

(金　光)

(题图:杨宏富)

气死也没用

　　对门两家邻居,不知道为什么事结下了冤仇,谁都不愿意搭理对方。

　　一天,这户人家的女人在家里捶胸顿足,男人问她:"你做什么?"女人白了他一眼,说:"你看对门,日子过得比我们滋润不说,儿子书又读得好,真是气死我了!"男人说:"光气有什么用?哼,你看我叫他们还能不能得意!"女人惊喜不已:"你有办法?"男人点点头。

　　第二天,男人开始行动了,趁对门儿子上学读书时,自己先一步出门,在楼梯拐弯处往地上扔了10元钱。对门儿子紧跟着下楼,看见地上有钱,就把它捡了起来。

　　对门儿子正在读高二,平时学习成绩非常好,如果不出意外，一年以后考重点大学是没有问题的，可偏偏在这个关键时刻，他在出门上学的路上，在楼道里捡到了钱。对门儿子手里攥着钱，一时不知所措，因为平时父母从来不让他乱花钱，就怕他有了钱会去网吧。那家网吧就开在他每天去学校的路上，有一次，对门儿子只是好奇地朝网吧里张一眼，缩回头的时候，发现邻居叔叔正瞪眼瞧着自己，他吓了一大跳。今天，对门儿子第一次手里有了钱，他捏来捏去舍不得扔下，犹豫了一下，决定不上学了，用它去一回网吧。

这一切，这户人家的男人都看在眼里，于是第二天又如法炮制。结果，对门儿子这天又没去学校，拿着这10元钱就又去了网吧。从此，对门儿子经常能在楼道里或者上学路上捡到钱，有时10元，有时20元，有时30元，反正只要捡到钱，他就克制不住地去网吧。这样的结果，他的学习成绩自然一路下滑。

有一天，这户人家的男人又把钱扔在楼道里，正好被他家女人看到，女人骂他："你发神经呀！"男人赶紧把女人拉回家，轻声说："你没听说'人一有钱就变坏'吗？他们家算是完了，那孩子拿了我扔的钱三天两头去网吧，学也不上。"女人一听，乐得眉开眼笑。

第二年高考，对门儿子自然名落孙山，这户人家的女人得知消息，兴奋得在屋子里大笑。男人说："我的办法怎么样？这就叫软刀子杀人不见血，哪像你，猪一样蠢，气死也没用！"女人挨了骂，但女人不生气。

对门儿子呢，就此再没去读书，可也没见他找工作。这户人家的男人和女人看着这一切，高兴死了！

有一天，他们发现对门要搬家了，女人对男人说："嘿嘿，肯定是他们觉得没脸住这儿了。"没想女人这回猜错了！女人从单位同事那里得知，其实对门邻居后来一直对儿子因势利导，索性让他学做网站；儿子也认真吸取教训，又重新站了起来，并且在业务上刻苦钻研。结果，网站办红火了，家里的住房条件也因颇丰的经济收入而改善了，他们现在要搬到别墅去住啦！

女人听得脸都白了，回家扯着男人的衣服直骂："你怎么猪一样蠢呀？只知道送钱给人家！"

格言启示：

首先需要说明的是，这则作品不能与现实生活画等号，否则，你心里可能会有许多疑问，比如，对门儿子每天都捡到钱，凭他的智力，他不会起疑心？又如，办一个网站，会这么容易蹿红？这里，不妨借用一句老话，它"源于生活而又高于生活"。从信息学角度来看，这个故事讲了双方在不对称信息基础上展开的博弈。一方面，对门儿子不知道邻居叔叔是在算计自己；另一方面，邻居叔叔虽然知道对门儿子学习成绩在下降，却不知道他是在学网站技术。而就不对称的性质来说，邻居叔叔却是严重的，因为他的行为几乎成了一种无偿投资了。当然，邻居叔叔从一开始就注定失败，因为，搬起石头往往砸了自己的脚，这又几乎是一条铁律了。

心胸狭隘的人，烦恼常与他为伍。

(刘国芳)

(题图：谭海彦)

命

运

威尔逊先生是一位成功的商业家,他从一个普普通通的事务所小职员做起,经过多年的奋斗,终于拥有了自己的公司,并且受到了人们的尊敬。

这一天,威尔逊先生从他的办公楼走出来,刚走到街上,就听见身后传来"嗒嗒嗒"的声音,那是盲人用破竹竿敲打地面发出的声响。威尔逊先生愣了一下,缓缓地转过身。

那盲人感觉到前面有人,连忙打起精神,上前说道:"尊敬的先生,您一定发现我是一个可怜的盲人,能不能占用您一点点时间呢?"

威尔逊先生说:"我还要去会见一个重要的客户,你要什么就快说吧。"

盲人在一个包里摸索了半天,掏出一个打火机,放到威尔逊先生的手里,说:"先生,这个打火机只卖 1 美元,这可是最好的打火机啊。"

威尔逊先生听了,叹口气,把手伸进西服口袋,掏出一张钞票递给盲人:"我不抽烟,但我愿意帮助你。这个打火机,也许我可以送给开电梯的小伙子。"

盲人用手摸了一下那张钞票,竟然是 100 美元!他用颤抖的手反复抚摩这钱,嘴里连连感激着:"您是我遇见过的最慷慨的先生!仁慈的富人啊,我为您祈祷!上帝保佑您!"

威尔逊先生笑了笑,正准备走,盲人拉住他,又喋喋不休地说:"您不知道,我并不是一生下来就瞎的,都是 23 年前布尔顿化工厂爆炸的那次事故!太可怕了!"

威尔逊先生一震,问道:"你的眼睛就是在那次爆炸中失明的吗?"

盲人仿佛遇见了知音,兴奋得连连点头:"是啊,是啊,您也知道?这也难怪,那次光炸死的人就有 93 个,伤的人有好几百,可是头条新闻哪!"

盲人想用自己的遭遇打动对方,争取多得到一些钱,他用可怜巴巴的语气继续说下去:"我到处流浪,孤苦伶仃,吃了上顿没下顿,死了都没人知道!"他越说越激动,"您不知道当时的情况,火一下子冒了出来,仿佛是从地狱中冒出来的!逃命的人都挤在一起,我好容易冲到门口,可一个大个子在我身后大喊:'让我先出去!我还年轻,我不想死!'他把我推倒了,踩着我的身体跑了出去!我于是失去了知觉,等醒来,就成了瞎子,命运对我真不公平呀!"

威尔逊先生冷冷地说:"事实恐怕不是这样吧?你说反了!"

盲人一惊,愣住了,用空洞的眼睛呆呆地对着威尔逊先生。

威尔逊先生一字一顿地说:"我当时也在布尔顿化工厂当工

人。是你从我的身上踏过去的！你长得比我高大,你说的那句话,我永远都忘不了!"

盲人站了好长时间,突然一把抓住威尔逊先生,爆发出一阵大笑:"这就是命运啊! 不公平的命运! 你没有跑出去,现在反而出人头地了;我跑出去了,可现在却成了一个没有用的瞎子!"

威尔逊先生用力推开盲人的手,举起手中精致的棕榈手杖,平静地说:"你知道吗? 我也是一个瞎子。你相信命运,可是我不信。"

格言启示:

有没有命运? 命运是什么? ——是让很多人想破脑袋的问题。这个故事中的两个人物或许可以给我们一个答案,那就是:命运在你自己的手中。面临相同的遭遇,却有不同的结果,这并不是先天注定的,生命的过程需要你自己把握。哲学问题,看似复杂,其实也很简单。

心灵能征服命运。

(王宗宽　编译)

(题图:杨宏富)

世 事 曲 折

世上有多少个人,就有多少条生活的道路;生活是一阕交响乐,生活的每一时刻都是几重唱的结合。

被遗弃的桑枝

清朝乾隆年间,刘集镇出了个神医,他姓刘。提起刘郎中,方圆百里无人不知,无人不晓,有人称他是"华佗重生",有人赞他是"扁鹊再世",小小店堂里挂满了"妙手回春"的匾额、条幅,上门求医的病家踩破了门槛。

刘郎中医道高明,没有治不好的疑难杂症,可是自打今年除夕过后,刘郎中就闭门谢客了。为啥?刘郎中自己的儿子重病缠身!

起初,刘郎中并没把儿子的病当回事,只是给他配了几服中药,料定五六天后便可康复。谁知一晃半年过去了,还是外甥点灯笼——照旧(舅)!

眼见儿子的病一天重似一天,刘郎中的老婆憋不住了,说:

"听说十里铺的李郎中治病有两下子,咱们请他来家给儿子瞧瞧吧?"刘郎中正在翻祖传医书,听了老婆的话脸色顿时变了,一拍桌子跳起来:"连我都治不好的病,他李郎中有啥招? 他喊我'师爷'我还懒得搭理哩!"

三十多岁的李郎中是半路出家,跟刘郎中的徒弟学过两年,接着就在后山的十里铺开门诊了;而医传六代的刘郎中,六岁随父学医,十六岁独身行医,二十六岁就大名鼎鼎了。他治好的病人比李郎中见过的病人还多,开出的处方比李郎中读过的药书都多。

刘郎中怕折面子、失身份,硬是不答应,老婆急了,一哭二闹三上吊,闹得鸡犬不宁,刘郎中只得让步。这天,他乔装打扮了一番,雇了一辆驴车,隐姓埋名,瞒了自己的身份,把儿子送到十里铺。李郎中不知道眼前这位是谁,他诊治完后便开了药方。刘郎中不动声色地接过来,带着儿子走出药铺,来到僻静处,他急忙掏出药方看,不觉大为失望:哼,鼻子不是鼻子,嘴巴不是嘴巴,对着葫芦画瓢还画成了南瓜,照着猫画虎还多画了一只角!原来李郎中的这药方,和刘郎中前天给儿子开的几乎一样,只是多了一味无关痛痒的药:桑枝。这药方怎能给儿子治病呢? 看来李郎中也没有什么高明之处。刘郎中随手撕了药方扔在路边,回家和老婆一说,老婆急得老泪直淌。刘郎中安慰她:"咱家祖传的医书有的是,待我慢慢再找良方。"

中草药吃了一罐又一罐,一筐又一筐,但儿子的命最终还是没保住。

白发人送黑发人,刘郎中心如刀绞。为了弄清病源,找到良方,治好以后的病人,这一天,他背着老婆,颤抖着手剖开了儿子的肚皮,竟发现里面有一个鹅蛋大的肿块,他把肿块取出来,用药水养在一只泥盆里,想好好研究,找出治这怪病的良方妙药。

在以后的日子里,刘郎中走遍了荒山野岭,到没有人烟的山沟沟里采来各种草药，回家后放到泥盆里一样一样试，可是都没有效果，肿块没有任何变化。

一天，刘郎中出诊回来，准备把刚才从路上一条阴沟里采来的几味草药放到泥盆里去试一下，可他一看那泥盆，顿时目瞪口呆：肿块不见了！

刘郎中急忙喊来正在灶间烧火做饭的老婆，急着问："泥盆里的肿块哪里去了？"老婆一副做了错事的模样，结结巴巴地说："俺不知你泥盆里养的是什么，用烧火棍一拨，它就不见了……"

刘郎中心头一颤，就像在茫茫黑夜里猛然看见了一点亮光，他忙让老婆将烧火棍拿来。老婆踮着一双小脚到灶间拿来了烧火棍，刘郎中接过一看，那烧火棍竟然是一根桑枝，也就是李郎中开的处方上那味"无关痛痒"的药！

刘郎中顿时眼前一黑，瘫倒在地……

格言启示：

人的角色有社会多重性，是谓"角色丛"，比如刘神医，他既是郎中，又是师傅，同时又是父亲。他之所以没能医好自己儿子的病，个中原因，除了医技方面外，主要的一条就是角色错位。郎中治病，天经地义，但千万不要把师傅的面具戴在脸上。由此想到，某某老师、学者教不好自己的孩子，其病根也大多如此。

人之患在好为人师。

（盖福海）

（题图：黄全昌）

一流高手

　　刘强、张力、王二虎是同一个武馆的学生,平时他们仗着自己会点儿功夫,走路都晃荡着肩膀。这天,哥仨穿着练功服,又在马路上晃荡。走着走着,忽然从后面蹿上来一辆自行车,一下撞在王二虎的屁股上,把他撞了个趔趄。三人回头一看,见是一个三十多岁的男子,长得跟半截儿黑塔似的,摇摇晃晃从地上爬起来,脸已喝成了猪肝色。

　　王二虎一捋袖子,就要上前开打。刘强一把拉住他:"这人喝醉了,别跟他一般见识。再说,咱练武的人手重,三拳两脚地把他打坏了,还得搭上医药费,划不来。"

　　王二虎一想也是,悻悻地一甩袖子:"便宜了你!"扭身想走。

　　不料那人醉眼乜斜地瞅了瞅他们,笑了:"我……当撞着谁了,正准备道歉呢,现在也用不着了。看……你们这身打扮,听你们的口气,是练过两天三脚猫把式的人了? 我平生最……最讨厌的,就是你们这些能豆子,只要看见,就得在他们屁股上踹两脚。现在我已经在你屁股上撞了一下,那两脚就……免了吧。"

张力、王二虎一听,火"腾"地就上来了,正要上去饱以老拳,却又被刘强拽住了。刘强小声说:"听他这口气,看他这身板,像是个高手。可别吃亏了!"张力、王二虎一甩胳臂:"就你胆小!咱可咽不下这口气!"说完,上去"劈劈啪啪"就是一顿拳脚。刘强在旁边一看,乐了:原来这汉子蛤蟆不大,就会吹大气! 没划拉两下,就只有在地上打滚的份了。于是刘强也冲了上去,比张力、王二虎打得还欢。

四周立刻围上一圈看热闹的,伸长脖子,还有叫好的。突然,有人惊叫起来:"你们看地上!"

大家闻声往地上一看,顿时鸦雀无声,有的甚至把手指头伸到了嘴里。

王二虎哥仁觉得动静不对,不由住了手,循着众人的目光往地上一看,都呆了:只见马路上那人滚过的地方,留下了一溜小洞,刚好有手指头粗细。王二虎愣了半天,傻乎乎地问那人:"这些小洞,是你用手指戳的?"那人没吱声,提起食指"噗"地又插入了路面。

哥仁你看看我、我看看你,"扑通"跪在地上,齐声说:"谢谢老师手下留情!"那人从地上坐起来,一边揉着肚子,一边说:"你们也别谢我,还是谢谢酒瓶子吧。要不是今天它让我喝了那么多酒,拿捏不准出手轻重不敢还手,哼,你们早就爬不起来了。"

众人听了禁不住啧啧称赞:"这功夫少有,这武德更少有!"

谁知这时,从人群外传来个声音,冷冷道:"武德么还凑合,功夫却稀松,顶多算个三流高手罢了。"

那人一听，一骨碌从地上站了起来，双手一拨，人群像退潮似的向两边分开，剩下一个瘦筋干巴的小老头，弓腰昂首在那儿站着。

那人双手一抱拳，说："见高人不能失之交臂，请教两手如何？"

老头将将山羊胡子，也不说话，学着电视上高手的样子"哼唧哼唧"地运了半天气，然后一掌拍在马路上。众人定睛一看，路面纹丝没动，却硌得老头"哎哟"一声，甩着手走了。

众人忍不住哈哈大笑。那个三流高手却一脸严肃，过去蹲下来，定定神，运运气，用手指往那老头拍过的地方一插，再一勾，顿时把一寸多厚的路面勾下一块来。然后他用手摸摸路面下的土，一声不吭，骑上车就走了。

众人大感不解，也围上去用手摸摸，这一摸可不得了：原来路面虽然纹丝未动，可路面下用水泥筑的路基上却有一个清晰的手印，手印里掺着石灰的水泥全酥了。那老头果真是个高人啊！

王二虎他们哥仨今天可算是开了眼啦。三个人一合计："干脆咱去拜老头为师，学学他的真功夫吧。"

老头并未走远，哥仨追上又"扑通"跪倒，要求拜师。老头手摇得跟荷叶似的："我这点小玩意儿算啥？最多是个二流高手，比我厉害的人多得是。"

哥仨张大了嘴："还有更厉害的？那能厉害到什么程度？"

老头说："我费了这么大劲，才把马路弄出那么个手印。可人家一流高手，只要一伸手，就可以把整座楼、整座桥、整条马路整酥，而且一时还看不出来。"

哥仨听得眼都直了："哇！真的？您老人家知道他们在哪儿吗？能不能介绍我们去拜师？"

老头摇摇头："知道是知道，就是你们绝不能拜这些人为师。"

哥仨愣了："为什么?"

"因为你们的功夫还不到家,要拜这些人为师,须得先练成铜头铁脊梁。"

王二虎急忙问："那为啥?"

老头"嘿嘿"笑道："因为他们是贪污犯哪。要做这样的一流高手,就得防备子弹钻头,万人戳背!"

格言启示:

这并非是一个武林故事,笑谈归笑谈,思考还是应该思考的。在我们的周围,有没有这样的"一流高手"? 有没有他们留下的杰作——形形色色的"豆腐渣"工程呢? 怎样对付这些"高手",故事里没有写出答案。但是相信看完故事的你,心里应该有答案。

大地上有黑暗的阴影,可是对比起来,光明更为强烈。

(代笑芹)

(**题图**:张恩卫)

天下本无事

　　这年夏天的一个晚上，天气又闷又热，村民们熬不住，男人掂着苇席到打麦场睡觉，女人则在自家院里纳凉。大约半夜时分，突然一声女人的尖叫，把酣睡着的小村惊醒了。由于天黑，人们不知道是盗贼牵走了谁家的牲口，还是恶狼叼走了谁家的孩子，于是大人叫、小孩哭，乱了好大一阵。最后问明白了，是满圈的老婆搂着儿子在自家院里乘凉，躺着躺着睡着了，半夜里猛地醒来，见铺边站着个赤膊男人，她吓得尖叫一声，赤膊男人不见了。

　　满圈的老婆遭此惊吓，人变得昏昏沉沉的，第二天连早饭都没起来做。这一下，满圈心里打了个结，想想这事非同小可，于是就出门找人讨教去了。

村里有个二大爷，是个杀猪的，每隔一天镇里逢集，他就去卖肉。二大爷平时见的人多，经的事广，是村里最有见识的人，满圈自然去找他。

"揍!"二大爷抡着油晃晃的胳膊说，"女人是破拖车，隔几天不修理准出事。"他瞪着一双看透世界的眼睛自问自答，"你知道昨天是什么日子？昨天是七月七，牛郎会织女的日子。为啥早不出事、晚不出事，偏偏七月七夜里出事呢？抓紧时间修理吧，现在还来得及。"为证明自己的论断绝对正确，二大爷按照小村人的习惯，讲了一则发人深省的故事：

从前，城西有个女人，长得漂亮极了，但她是个不正经的女人，出嫁以后还勾引了一个又一个男人，丈夫一怒之下休了她。后来这女人又连嫁了五个丈夫，可五个丈夫都先后把她休了，于是女人的名声就坏了，没人肯再娶她。后来，有个杀猪的不嫌弃，花钱娶了她。迎亲那天，杀猪的牵匹老瘦马去接她，女人骑在马上，杀猪的在前边牵马，两人走到半路，要过一道水沟，杀猪的一跃就过去了，站在对岸拉住马缰绳，叫马也跳过去。那马太老，也太瘦，实在没有力气，任他怎么吆喝也不肯动。杀猪的火了，大声对马吼道："该杀的货，别说你是个畜生，你即便是人，敢如此不听话，老子也非宰你不可!"话音未落，杀猪的从腰间抽出一把杀猪刀，眼睛没眨一下，就把马脖子给抹断了。老瘦马倒在地上，那女人自然也跌了下来，杀猪的拿着滴血的刀子问女人："没马骑了，你咋办？"那女人吓白了脸，带着哭腔说："我能走路的!"她乖乖地跟在杀猪的后面，一口气走了五里地，进了杀猪的家。从此以后，女人规规矩矩过日子，再不敢胡来了。

满圈听完故事，暗自琢磨了一会儿，觉得二大爷说得挺在理。昨晚，一准是自己老婆勾引了野男人，不赶快修理是不行了。一怒之下他浑身便生出阳刚之气，将衣袖挽一挽，决定回家修理老婆。

　　满圈正往家走,半道上碰见三婶子。三婶子见他杀气腾腾的,问他干啥哩,他就把二大爷的话学说了一遍。

　　三婶子两手一拍:"我的傻娃儿哟,你幸亏遇见我了,那个杀猪人凶狠凶狠的,怎么能学他呀? 女人心眼窄,是打不得的,万一她想不开,喝了老鼠药,她娘家人不找你算账才怪哩!"

　　满圈没主意了:"那咋办?"三婶子脸上露出无事不晓的神色,说:"猫狗还识好歹呢,打不怕敬的怕,你赶快回去,对媳妇好着点,她一准对你真心。你若不听婶子的话,你们两口子怕要过到头了!"为证明自己的观点绝对不错,她也按照小村人的习惯,给满圈讲了一个耐人寻味的故事:

　　过去,县城里有个店铺掌柜,他妻子不知啥时候跟年轻的店伙计好上了。有一天夜里,掌柜讨账回来,听见妻子跟伙计在屋里小声说话。妻子说:"你光得像面团。"伙计道:"你软得像花筐。"掌柜气得要命,但想了想没声张,扭头走了。第二天,掌柜把店伙计的父亲请来,拿出一笔钱,说:"伙计这几年干得不错,人也长大了,把钱拿回去给他讨个媳妇吧。"父子俩千恩万谢地走了。店伙计娶罢媳妇回店那天,掌柜夫妇设宴为他贺喜。酒席中间,掌柜开口说道:"从今往后,各自有家,面团别再找花筐,花筐也别缠面团。"掌柜妻子和店伙计听得明白,真是既惭愧又感激。他们从此改邪归正,一心一意帮掌柜做生意。店掌柜既保全了面子,又收买了人心,后来,他发财了。

　　三婶子不是一般的女人,她有个外甥女嫁到了县城里,她去看外甥女,进过几趟县城,是村里见过世面的女人,她的话不可不听。满圈听完了故事,心里琢磨了一阵,觉得三婶子的话也有道理,老婆自打进了门,跟着自己风里来雨里去,不嫌苦,不怕累,这样的老婆怎么说打就打呢? 他的火气没有了,挽起的袖子又抹了下去。

　　满圈慢吞吞地往家走,边走边考虑怎样敬老婆。走着走着,迎面遇见了四秀才,四秀才念过两年书,村里人把念过书的人称作秀才,又因他排行老四,就叫他四秀才。四秀才见满圈面色不对,就问他有什么心事,满圈就把二大爷和三婶子的话都学说了一遍。四秀才听罢仰面长叹道:"真是大老粗的见识啊!"

满圈疑惑地问:"这是什么意思?"四秀才晃着脑袋说:"如果你老婆是清白的,岂不冤枉了好人?如果你老婆真有那事,岂不是斩草不除根,春来又复生?你应该抓住时机,查清根底,然后设计捉奸夫惩淫妇。此事宜速不宜迟,要知道,该断不断,必遭其乱,狠毒莫过淫妇心哪!"为证明自己的意见绝对无误,他也按照小村人的习惯,讲了个深入浅出的故事:

很久以前,城东有个在外地教书的先生,回来探家躺床上休息时,发现顶棚上沾着一点痰。先生懂得,只有仰面躺在床上的男人,才有可能把痰吐到顶棚上。看来,有别的男人在自家床上睡过。这个男人是谁呢?先生装作什么都不知道的样子,第二天告诉妻子说,他要外出访友,三日后回来。先生说完就出门走了,等到夜深人静的时候,他悄悄回来,爬到院内一棵大槐树上。第一天夜里,没发现什么;第二天夜里,先生刚刚在槐树上藏好,就见一个男人悄悄溜进院子,在窗外学了三声蛐蛐儿叫,屋门就轻轻开了,那男人钻进了屋子。先生设计查明根底后,狠狠惩治了奸夫和淫妇。

四秀才识文断字,他的话不可不信。满圈听完故事,认真琢磨了一会儿,觉得四秀才说得不错,要查清事情的真相,那就得学学教书先生。正好,自家院里也有一棵大树。

满圈边走边盘算,不知不觉到了家里,看见老婆、孩子还在沉沉地睡着,他想起二大爷、三婶子和四秀才出的主意,一个让打,一个让敬,一个让查,用哪个好呢?他琢磨了半天,彻底没了主意,只好打个呵欠,挨着老婆躺下了。

第二天早晨满圈醒来时,老婆已把早饭做好了。老婆这顿饭吃得特别多，几乎把昨天没吃的全补上了。吃罢早饭，两口子扛着锄头抱着孩子下地，一路上，满圈问："前天夜里，到底是咋回事？"老婆答："我睁开眼，见铺边有个男人，眨眨眼就不见了。"满圈说："怕是做梦看花眼了吧？"老婆道："我想也是。不过，那会儿你没在身边，真把我吓坏了。"

接下来一连数十天，平安无事；一直到他们的儿子学会走路、学会喊"爹"、"妈"的时候，他们一家三口仍然亲亲热热，太平无事。村里人便渐渐把这事忘了。

后来，县里来了个扶贫干部，姓王，住在满圈家，满圈跟他混熟了，成了无话不说的朋友。有一天身边没旁人，满圈想起了旧事，便一五一十向王干部叙说了一遍，然后请教他："老王，你说，当时我用哪个主意好？"

老王盯着满圈看了半天，说："你呀，幸亏一个没用！"

格言启示：

天下本无事，庸人自扰之，这是古人常用的一句话。初看起来，这话有一定的道理：因为是庸人，所以免不了有无事生非之举；而没事找事、自寻麻烦者，也必然是个庸人。但事实并非如此简单。如果我们看问题只盯住这个"庸人"，而不注意隐藏在其背后的其他人，可能会看不到无端滋事的全像。其实，左右一个人的行为，周围人所形成的舆论环境往往会起到关键性的作用。

智者，常以愚者为前车之鉴。

（吴庆安）

（题图：魏忠善）

问你一道题

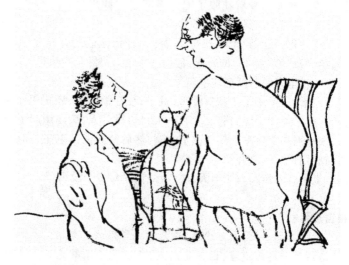

　　志刚的爸爸是个"老公安"。

　　一天晚上,志刚做完老师布置的家庭作业,爸爸执行任务才刚回家。看儿子这么用功,爸爸连衣服也没顾得上脱,就把嘴凑过来,亲了他一下。接着,爸爸朝志刚神秘地眨了眨眼,说要考他一道题。志刚放下笔,抬起头静静地听着。

　　爸爸说:"一棵树上结了很多很多果实,可是突然飞来十只鸟,要吃这果实,有个猎人拿着杆枪,一枪打落一只,问树上现在还剩几只鸟?"

　　志刚张口就答:"九只。"

　　爸爸笑着说:"不对,枪一响,鸟全都吓跑了。"

　　志刚呆了一下,在纸上列出一个算式:10－1＝0。

后来,志刚长大了,大学毕业后在检察院供职,爸爸则退休在家。一天晚上,爸爸看完中央电视台的"焦点访谈"节目,志刚正好回家,爸爸看着儿子忙碌的样子,叫住他说:"志刚,你过来一下,我问你一道题。"志刚放下公文包,也没顾得上喝一口水,就站在一边听着。

爸爸说:"一棵生了许多许多果实的树上,歇了十只鸟,在吃果实,一枪打落一只,问树上还有几只鸟?"

志刚听后笑了起来,说:"爸爸,就这么简单的题? 小时候你不是考过我的吗?"

爸爸没搭腔,催着志刚:"你说说看。"

志刚用手比划了个"零"。

爸爸摇摇头,沉着脸说:"不对,枪一响,鸟就是赖在树上不肯飞走。"爸爸用茶水在桌上列出一个算式:$10 - 1 = 9$。

志刚一愣,随即会意地点了点头,他明白了爸爸的意思。

格言启示:

此作品实际上可作为一则寓言来读,所提出的问题也十分尖锐。为什么侵犯国家财产的现象屡禁不止? 为什么犯法的人敢这么肆无忌惮? 鲸吞劳动果实的人,其实都存在着一份侥幸心理:如果没有被查出来的话,他的这种获取利益的交易成本是最低的。而且每当处于社会转型期,这种现象就表现得特别明显,因为这时的机会相对来说也比较多。因此,要消除这种现象,从根本上来说还在于制度建设。其次,我们不但要"枪打出头鸟",而且对于害鸟格杀勿论。试想,如果把害鸟们杀掉,有什么收益能大于这种成本?

智慧就是能迅速看出事物的本质。

(谢志强)

(题图:箭 中)

城里没有秤

石老汉家养了一只大草鹅,年关来了,石老汉决定进城卖个好价钱。大草鹅正立在猪食盆边伸脖张嘴,石老汉猫着腰扑过去,双手紧紧搂住大草鹅,然后用绳子将大草鹅的双腿捆住,对老伴嚷道:"快拿秤来,称一称,看有多重!"

石老汉有一杆秤,很准。村上人称东西都会到石老汉家借用,大家都把那杆秤叫"平心秤",无论称啥,不差一两一钱。石老汉的老伴乐呵呵地把秤提来,石老汉将秤钩住大草鹅,称了称,嘿,不多不少,整整十二斤!听说草鹅在城里卖五元一斤,这只鹅可卖六十元!

老伴吩咐说:"卖了鹅,从城里带些年货回来。"石老汉点着头,一手拎秤,一手抱鹅,走出家门。老伴在背后嚷道:"老头,带秤干啥?"石老汉回头说:"不带秤怎么卖鹅?"老伴说:"城里没秤? 把鹅提到菜场去卖,菜场还没秤? 借人家的秤用用不就是了?"石老汉觉得老伴主意很好,就把秤放回家了。

石老汉抱着鹅往城里走,半路上,鹅拉下几团屎,石老汉心一晃:鹅轻了一二两! 不多会儿,大草鹅又"巴嗒"拉下几团屎,石老汉想:又轻了一二两! 石老汉走得飞快,一溜烟儿来到县城"大世界菜场"。

菜场里可热闹啦,卖东西的、买东西的,熙熙攘攘。石老汉在一个挑箩筐卖鱼的人身边站下,将大草鹅放在脚边。一会儿,一个嘴上叼烟、穿得挺阔的男人盯着大草鹅走过来,他问石老汉:"鹅卖多少钱一斤?"石老汉说:"五元一斤。"男人点点头:"我买了,称一称吧,看有多重。"他一边说一边掏出钱包。石老汉就向身边卖鱼人借秤。

卖鱼人有点不愿意,石老汉忙给他递上一根烟,卖鱼人这才把秤借给石老汉。石老汉握着秤将大草鹅钩起来,他把秤砣放在十二斤处,但秤尾巴向上翘。石老汉十分诧异,暗暗地想:鹅屙了两泡屎,难道越屙越重? 他把秤砣往前移,在一旁弯腰看秤的买鹅男人说:"好了,好了,十二斤四两。"说着,丢给石老汉六十二元钱,拎起鹅咧着嘴走了。

石老汉捧着钱蹲在地上愣着。卖鱼人说:"卖了鹅还蹲在地上干啥? 快走呀!"石老汉说:"稀奇呀,我的鹅在家里过秤只十二斤,半路上屙了两泡屎,怎么还十二斤?"卖鱼人对石老汉半笑着:"老头,你得感激我,我这秤……嘿嘿!"卖鱼人说着,挑起鱼筐换地方卖鱼去了。

石老汉没想到自己借的是一杆黑心秤,这多卖得的几块钱不就是黑心钱吗? 石老汉心里不安,他猜想刚才那个买鹅的男人如果复了秤,一定会来找他的,于是就在原地等着。果然不错,一会儿买鹅的男人拎着鹅气呼呼地赶来了,张口就骂:"死老头,你找死啊!这鹅只有十一斤七两,我刚才复秤的,你居然多混了我七两,真是黑心哩!我怕你跑了!"

石老汉立即从地上站起身,说:"我不跑,正等着你哩!刚才是我借的秤有问题,我在家里称了,这鹅十二斤,半路上屙了两泡屎,少了二三两,我退你几块钱。"买鹅男人一听更生气了:"既然你晓得,为啥刚才不吭声?现在被我抓住了,你才这么说。这鹅我不买了!"男人把鹅往石老汉面前一丢,手朝石老汉一伸:"钱还给我!"石老汉满脸通红,赶紧把钱给了男人,男人"哼"一声,转身走了。

又过了一会儿,一个提篮买东西的女人走过来,瞅瞅石老汉脚边的鹅,说:"这只鹅好大!怎么卖?"石老汉说:"妹子,这鹅五元钱一斤。"女人点点头:"称一称,看多重,我买了。"石老汉搓搓手,扭头,看见不远处有个握秤卖菜的贩子,便走过去借秤。把秤借来后,石老汉将鹅钩起来,将秤砣移到十一斤七两处,今日真是撞上鬼了,秤尾老是往上翘,最后称出十二斤七两。

女人对石老汉说:"十二斤七两,多少钱你算算吧。"她一边说,一边掏钱包。石老汉暗想,这鹅只能按十一斤七两算钱,便对女人说:"除一斤,你只给十一斤七两的钱就行了。"女人一怔:"为啥除一斤?"石老汉见卖菜的贩子站在身边,他不好说秤有问题,只说:"妹子,我说除一斤就除一斤。"

女人于是就仔细打量起大草鹅来,打量了半天,点点头说:"我明白了,这是一只病鹅。"石老汉很生气:"我这鹅好好的,你怎么说它病了呢?"女人把掏出来的钱放回口袋,说:"还问我?问问你自己吧!明明称出十二斤七两,你说除一斤,不是这鹅有问题,平白无故你愿意除一斤?现在做生意的人将牛肉注水卖,你却要除一斤,不是病鹅是什么?"

石老汉被噎得说不出话。

菜场里本来人就多,这一来就引来不少人看热闹,大草鹅从没经历过这种场面,见人们都喷着口沫朝它指指点点的,吓得赶紧把脖子缩起来,快快地耷拉着头。众人见罢,都说:"这不明摆着是只病鹅嘛!"

菜场管理人员也闻讯赶来了,石老汉一见,慌得把鹅紧紧抱在怀里,结结巴巴地说:"同志,我这不……不是病鹅!真的不是病鹅!"但是没人信他的话,他们气愤地夺过石老汉怀中的大草鹅,往地上一丢,只见大草鹅在地上挣扎了几下,鹅嘴里吐出一股股红的鲜血,然后突然就腿一伸,再没了动静。

管理人员愣了愣,冲石老汉嚷道:"你看你看,你这鹅这么容易死,还说不是病鹅?"石老汉又委屈又伤心,"呜呜呜"地哭了起来:"天哪,这真的不是病鹅啊!"他扑上去,一把把大草鹅从地上抱起来,紧紧搂在怀里,断断续续地把卖鹅前前后后的经过给大家说了一遍。

可是已经晚了,大草鹅歪歪倒倒地在石老汉的怀里,再也不会动弹了。

格言启示:

经济学中有一个著名规律,就是"劣币驱逐良币",是指在铸币流通时代,成色好与成色不好的铸币在市场上一起流通,久而久之,成色好的良币将逐步退出流通转为储藏,而留在市场上的却是成色不好的劣币。中国有一句老话,"假作真时真亦假",说的就是这个道理。现实生活中,我们经常看到李鬼侵害了李逵,假文凭侵害了真文凭……这个故事中石老汉的悲剧也如此。所以我们讲,城里不是没有秤,而是假秤太多,弄得人们的心里已经没有一杆准秤了。

难听的实话胜过动听的谎言。

(范国清)

(题图:魏忠善)

什么是喜事

星期天，吴静和她的丈夫彭玉旺去买彩票，没想后来一开奖，居然中了 3 万元。

单位的同事们知道了，都说吴静天降鸿运，说什么也得让她请客。

大家正起哄着，却发觉吴静的神色不对头，不但没有像预料的那样乐得合不拢嘴，反倒是一双眼睛红肿得赛俩核桃。一问才知道，昨晚两口子打起来了。

为什么呢？原来买彩票的时候，吴静曾主张选另一个号码，但被彭玉旺否定了，结果那号码是个 300 万大奖，一念之差，奖金差了 100 倍。

两人现在都后悔不迭，吴静更是气得连晚饭都没吃，一个劲儿地埋怨,彭玉旺当然气也不顺,于是两个人话越说越难听,声音越吵越大,最后就动起手来了。

大伙七嘴八舌地劝吴静想开些,至于请客的事,自然就打电话不拿话筒——免提了。

不过回头大伙再转念一想,不免觉得好笑:嘿,与其这样,还不如不中。

原以为这事儿就这么过去了,可吴静家那两口子还没完,好长一段时间,中奖带来的阴影一直笼罩在他们家里,两口子都很郁闷,原来就弱不禁风的吴静更是瘦得像根旱天的苦瓜。

总算数月后吴静的丈夫彭玉旺被提拔当了单位的副科长,同事们想借此机会让吴静高兴起来,于是纷纷向她表示祝贺。

谁知吴静却仍然一脸的沮丧,叹着气说:"你们祝哪门子贺?他那些同学,哪个不比他官大?最小的正科,大的都当副厅长了!他这么多年才熬个小副科,跟人家一比,我脸都没处放。"

大伙看吴静说话那神情,不像是谦虚,也就不敢再多说什么了。明明是喜事,怎么到她那里,就又变坏事了呢?

这天下午,吴静没来上班,也没请假,往她家里打电话没人接,手机也关了。

同事们都很担心,怕她出什么事。第二天一上班,大家正商量要去看看她,吴静却来了,并且一改往日郁郁寡欢的神情,满面春风,脚步轻盈,兴高采烈地挨个给大家发烟发糖,显然有了大喜事。

能让吴静如此兴奋,那得多大的喜事呀?大家纷纷猜测着,急着问个究竟。

吴静一高兴,"蹭"地坐到了办公桌上,得意地向大家宣布:"我太幸福了!我老公可真是福大命大造化大的人哪!昨天他去市里办事,途中出了车祸,面包车翻到桥下,十来个人就活了两个,其中一个就是我老公。另一个虽说活着,可伤得很重,到现在还没脱离危险,而我老公只是腿骨骨折。等他出院,我请各位到海鲜城一聚,大家千万赏光啊!"

大伙儿一听,面面相觑:敢情这中奖和提拔,都不能让她高兴,倒是出了车祸,成喜事临门了?

原来,这好不好都是比出来的啊!

格言启示:

故事看似趣事,实际上却反映了人们评价事物性质时的一种普遍心态。任何事物都有两面性,过分强调其中任何一面,都可能偏离真相。

人生美不美,看你从什么角度去看。

(李 末)

(**题图:**李 加)

人 生 百 态

人生的一切变化、一切魅力、一切美,都是由光明和阴影构成的。

陶朱公知子

越国大夫范蠡辅佐越王勾践灭吴之后,就辞官乘舟飘然而去,然后隐姓埋名,自称陶朱公,依靠经商很快富甲一方。

一天,陶朱公和夫人正在家中闲谈,忽然家人来报:"大事不好,二公子在楚国杀人被抓起来了。"

杀人是要偿命的,夫人吓得直哭,但陶朱公却还是面带笑容。

夫人问:"你为何不哭还笑?"

陶朱公说:"他若该死,我笑,他是死,我哭,他也是死,哭又有什么用?"

夫人气恼地问:"难道二子不是你儿子?"

"当然是我儿子。"

"那你还不快想办法救他?"

"救就救吧,"陶朱公淡淡地说,"谁让他是我范蠡的儿子?谁让我还有几个破钱呢?"说着就让家人找来三公子,套上牛车,往车上搬运金子,准备前去营救。

"你是想让小三去?"夫人疑惑地问。

"不让他去,难道要我亲自去丢人现眼不成?"

"老大办事稳重,何不让老大去?"

陶朱公摇头说:"他去准会把事办砸了。"

夫人流着泪说:"小三花钱如流水,整天只知道吃喝玩乐,放鹰蹓鸟斗蛐蛐,什么正经事也干不了,他去我实在不放心……"

陶朱公一摆手打断夫人道:"亏你说这些,还不都是让你给宠坏的。今天我意已决,不要再啰唆了。"

夫人心中不快,不住地用帕子抹泪。

再说大公子听说父亲要让三弟去救二弟,急匆匆赶到家质问父母。大公子说:"无论识字、办事、做生意还是勤俭持家,我哪一点不如老三?"

陶朱公沉吟半晌,说:"你哪点都比他强,唯有办这件事你不如他。"

大公子哪里服气,缠着父母,坚决要求去楚国营救弟弟。陶朱公把脸一沉,说道:"不必多说,就这么定了。"

大公子感到很委屈,长叹道:"家有长子,哪有让幼子去营救兄弟的道理!这分明是说长子不肖呵,既然如此,我活着还有什么意思?"说罢,拔出佩剑就要自刎。

夫人连忙将他一把抱住,用乞求的目光盯着陶朱公说:"老爷,你就让他去吧?"

可是陶朱公还是斩钉截铁地说:"不行!"

这下,大公子犟驴脾气上来了,扬言若不让他去,决不苟活到明天。夫人也在一旁苦苦哀求道:"不要二子没救成,老大倒先死了！老爷,求求你就答应他吧!"

陶朱公长叹一声,苦笑道:"若是救不回二子,你可别怨我。"

大公子终于如愿以偿,前往楚国去救二弟。临行前陶朱公修书一封,叮嘱他到楚国后直接把钱和信交给楚王的宠臣庄生,一切听庄生安排,绝不能擅做主张,大公子点头应允了。

大公子来到楚都后,当晚就将金子和信交给了庄生。庄生说:"快点回家去吧,二公子放出来后,你什么也不要打听。"

谁知大公子办事一向细心,为求保险,就留在楚国,又买通了另一个楚国权贵,请他帮忙探消息。

话说庄生接信后,私下找到楚王说:"臣夜观星相,见我楚国将有一灾,大王要做一些善事,才可保佑平安。"

楚王问:"大赦天下如何?"

"太好了,大王英明。"

果然,楚王很快就在朝堂上向大臣们表示,要进行全国大赦。

那个楚国权贵得信,火速通知了范大公子。大公子一跺脚:怪不得庄生让我立即回家,什么也莫问呢,原来楚王原本就要大赦! 若听他的话,我岂不白花了冤枉钱?

天一擦黑,大公子便赶到庄家。庄生见了他,不由大惊:"你怎么还没走?"

大公子没回答,只是反问道:"听说楚王要赦免天下,这是真的吗? 我弟弟自然也是要赦免的吧? 你看那金子……"

庄生听明白了,顿时一脸不高兴,冷笑道:"金子我动也没动,快拿走吧,别脏了我的地方。"

大公子自以为庄生理亏,得意地把金子带走了。事后,庄生越想越气,因为他原本看在与陶朱公的交情上,打算等陶二公子放出来后,就把金子还给他,让他带回家去。没想到陶大公子做事如此绝情,庄生一怒之下,连夜求见楚王,说:"陶朱公次子在我楚国杀人,仗着自家有钱,贿赂朝臣,干扰朝政,大王大赦也不能饶了他,否则世人会以为大王是看在陶朱公份上才大赦呢。"

楚王听后大怒,骂道:"陶朱公算什么东西,竟敢乱我朝政。"立刻令人先斩了陶二公子,然后才大赦天下。

大公子一场空欢喜,结果只等到了老二的尸首。他拉着棺材,哭哭啼啼地赶回了家,陶夫人见状,哭得死去活来。

陶朱公摇头长叹说:"我早料到老大救不了小二,你偏不信,今日如何?"

夫人无言以对,更是号啕大哭。

陶朱公说:"小三愚拙,又不吝惜钱财,必能依计行事;老大自恃聪明,最终却是聪明反被聪明误。这或许是天意吧!夫人不必难过,杀人偿命,理当如此,我们不就比别人多几个钱吗?若是救出了老二,我反而于心不安啊!"

大公子闻言,羞愧难当,拔剑又要自刎。

陶朱公大怒,指着大儿子喝道:"混账东西,不让你去,你死活要去,如今你害死了二弟,难道还想再气死你母亲不成?"

大公子闻听此言,扔了佩剑,抱头痛哭。

格言启示:

换位思考有多种表现方式,其中之一,就是能站在别人的立场去预见其心理和行动。范蠡可谓是"换位思考"的大师,他不但知道自己孩子的性格和为人差异,而且,就连他们的"缺点"也都成了他手中的棋子。尽管老二最后没有能被救出来,但是,他却以"血的教训"让世人懂得了许多道理。

才智是人的精神武器;有什么样的思想,就会造成什么样的人生。

(周言宗)

(题图:黄全昌)

碗底街的传说

　　玉溪镇有条碗底街,路面全是用圆兜兜一个个粉彩细瓷碗底铺成的,从闹市口一直伸展到汪家弄汪家大宅门口,足有一里多长,五彩缤纷,煞是好看。

　　这路面为何要用碗底来铺? 又从哪里弄来这许多彩色的细瓷碗底?

　　故事得从汪家大宅的少爷汪小四身上说起。

　　汪小四的爷爷原是明朝崇祯皇帝的一个重臣,家里十分有钱,汪小四的爹汪季鸾四十多岁才生一个儿子,就是汪小四。汪季鸾夫妇自然把汪小四当成一颗夜明珠,捧在掌心里怕碎了,含在嘴巴里怕化了,随什么事都顺着这个宝贝儿子的性子。

　　时光流逝,汪小四长到十六岁了,汪季鸾给儿子请了几个远近有名望的先生,无奈都教不了汪小四一点学问。

这年考试,汪季鸾用银子上下打点关节,又重金雇一个"枪手",在考场给汪小四做了文章。可偏偏汪小四连依样画葫芦照着抄一遍也不行,把一句破题"盖汤之于天下"抄成"羊血汤三打天下",惹出了大笑话。

汪小四自觉没趣,回到家里摔书摔笔,直嚷这几天脑袋胀破了,要去苏州散心。

汪季鸾拗不过他,只得让人雇下一条大船,派了两个家丁一路服侍儿子。

不日汪小四到了苏州,各处玩去,十分开心。

这一天清早起来,汪小四准备去逛玄妙观,他看看两个家丁,忽发奇想,说是要尝尝做下人的滋味,让家人和自己调换一下衣衫。

两个家丁听了面面相觑,哪敢答应?汪小四一时发起脾气来,家丁只好依他。

汪小四穿着下人衣衫,要两个家丁远远跟着不许靠近,自顾一个人沿着观前街闲荡过去。

观前街中间有爿"董礼和"碗铺,两开间的门面,极是整齐,铺里头一个个架上摆设的都是景德镇、宜兴出产的陶瓷器皿,还有大个的瓷娃娃,弥勒观音瓷像,汪小四看花了眼,半天也没转身。

碗铺的两个伙计打量汪小四的打扮,不像是有模样的主顾,见他呆得长了,便发了话:"看了这多时,你要买什么?"

汪小四随口应道:"买碗!"

一个伙计于是就顺手指了指汪小四脚边的一堆蓝边粗碗,说:"随便挑吧!"

汪小四看伙计的神情很是小瞧自己,心里生气,便"哼"了一声,说:"这是什么碗,讨饭用的!"

伙计耐了性子,手指一边架子,说:"这架上都是细瓷碗盏,你挑。"

汪小四眼一瞥,怄气地说:"这是下人用的破碗,谁要?"

伙计这时才仔细打量了一遍汪小四,一时吃不准他是什么样的人物,便从身后架子上捧出一只重金边粉彩细瓷碗盏,放在柜桌上,赔了笑脸说:"这是景德镇产的上好细瓷盏,只是每个足要五钱银子,你吃得起价钿吗?"

汪小四瞟一眼柜上那只碗,鼻子里"哼"了一声,粗声粗气地说:"怎么尽拿些上不了桌的蠢东西给爷看!"

里屋的店老板听见响动踱了出来,从头到脚把汪小四打量了一番,沉下脸,冷冷发话说:"你寻什么穷开心,看你这副穷酸样,怕茶盅也买不起一只。走!给我走!"

汪小四原本就嫌碗铺的伙计冷落了自己,生着一肚皮的气,这时听见店老板也说这话,更是火上浇油,立时双眼圆瞪,吼道:"爷要盘你这爿店!"

店老板只冷笑,说:"行!拿你的银子来就是!"

汪小四一跺脚,一步跨出店堂,朝前一望,见两个家丁正站在街对面,就喊:"快去船上把银子统统给爷抬过来,爷盘了这店!"

两个家丁不知发生了什么事,奔过来问了究竟,一起劝说,可哪扳得转少爷的牛筋,只得去船上抬银子。

碗铺老板这时方才知道汪小四身分,马上换了脸孔,身前身后献殷勤。

汪小四根本不理睬,连连催店里的伙计搬碗盏出来,吩咐家丁:"把这些蠢货统统给我砸了,只留碗底,给我挑到船上,凭碗底算账!"

这情景轰动了一条观前街,大家都来看热闹,汪小四因而名扬苏州。

　　不过,载回的一大船碗底如何打发? 亏汪小四想得出来,在玉溪镇铺一条街。

　　汪家有这样一个儿子,哪怕金银成山,没几年工夫也眼睁睁去了一大半,汪季鸾无论怎样规劝,软硬都改不了宝贝儿子的性儿。

　　汪季鸾眼见自己年迈衰朽,心想:如此下去,怕是等不到脚直西去,一份家业就会荡然无存。有一日,他发了急,就发下话来:"谁教得转我这宝贝,赏银万两,决不食言!"

　　消息马上传了出去,不过大家听得汪小四的名字就摇头:"一根朽木,什么都雕不得!"所以许多天都无人上门承接这宗"买卖"。

　　正当汪季鸾近乎绝望的时候,忽一日,有人登门了。汪季鸾闻报大喜,立即吩咐迎客。

　　家人迟迟疑疑,半天带进一个人来,汪季鸾没看见倒罢了,看了那人,一下子气得浑身打颤。只见那人蓬头垢面,一身稀烂衣裤,腰间系一根烂草绳,一手提根破竹竿儿,一手拎个破篮筐儿,竟是个讨饭的叫花子!

　　汪季鸾一脸怒容,正要叫下人把这乞丐轰出门去,那乞丐却从容地对他一拱手:"汪员外,听说过县城里大学士钱家的事么?"

　　汪季鸾一怔,再打量那乞丐,就见他举止不卑不亢,看自己时神色很是安详。汪季鸾觉得奇怪,便说:"钱阁老家两代不屑,三十六处窖藏金银被他们败得干干净净,仅有的一个孙子,听说如今已沦为乞丐了!"

　　那乞丐听着汪季鸾的话忽然泪流满面,半天说一句:"在下正是阁老不屑孙儿!"

　　汪季鸾听了大吃一惊,呆呆地对着他看了半晌,问道:"你今日来见我,有什么事?"

乞丐说:"员外许的一万两银子,除了在下怕没第二个人拿得动,因此特地上门。"

汪季鸢猛地一震,似乎一下领悟出什么,只沉吟不说话。

乞丐说:"在下登门现身说法,公子如不能再醒悟,那员外也就只等着我家的结局罢!"

汪季鸢"倏"地拉住乞丐,直挺挺跪了下去:"一切全仗足下了! 小儿一朝回头,老朽再添一万谢金!"

格言启示:

"碗底街"是面镜子,汪小四是个"榜样",你纵有万贯财产,也经不起如此的奢侈挥霍。不知那乞丐的现身说法,能否使汪小四们幡然醒悟?

一个不知道明天该怎么办的人,是不幸的。

(徐自谷)

(**题图**:黄全昌)

醉生梦死

　　章太守的夫人聪明美丽,又很能持家,遗憾的是嫁过来五年了,一直未能生下一男半女。

　　在旧时,那可算是天大的罪过了,可章太守依然对夫人百般疼爱,总说:"生不生育是我章家的造化,与你一介女子无关。"

　　可尽管这样,他夫人还是添了块心病,到后来居然饭前饭后不停地打嗝,胸肋处疼痛无比。

　　章太守为夫人四处求医,却毫无结果,夫人的病情一天比一天重。

　　这天,章太守在闹市口看到有个游方道人在给人看病,只要病人说身上哪个部位疼痛,他随手一捏,立刻手到病除。

　　章太守大喜过望,也顾不得身份了,跪地就朝道人磕头:"仙家,快救我夫人一命吧,我就是典房卖地,也要给您修道观上香朝拜。"

"岂敢,岂敢!"道人扶起章太守说,"我只不过是个四海为家的闲汉,何德何能敢冒充神仙? 不过,既然蒙您太守看得起,那就去府上看看吧!"

章太守于是便将道人请到自家客厅上座,又唤夫人出来相见。

道人朝夫人打眼一看,张了张口,欲言又止。

章太守急了:"请师父直说便是。"

道人这才开口道:"恕贫道直言,恐怕夫人得的是心病啊,依贫道所见,只有五年的阳寿了。"

章太守一听道人说夫人只有五年的活头,怎忍心看着她离自己而去? 夫妻俩立刻跪地哀请。

道人叹了口气,对夫人说:"你啊,平时待人接物一定是妒忌猜疑之心太重,容不得别人比你舒服比你好,哪怕是有些人处境比你差多了,你仍然会觉得命运亏待了你。夫人,这样过日子不行啊,久而久之必定郁气伤肝。现在,这股郁闷之气已经在你胸间形成硬块了啊!"

夫人一听,满脸绯红,喃喃说道:"师父说的极是,奴家也知道自己妒忌猜疑心重,可就是克制不住。今天,奴家仰仗师父的恩典,无论如何请师父一定要救救奴家。"她说着说着就泣不成声,再三朝道人磕头。

道人想了想,说:"好吧,贫道给你下药试试。不过,你必须保证百日之内不得再因嫉妒猜疑之心而生郁闷之气,否则会立刻送命,你能做到吗?"

夫人自然一百个答应,于是章太守便命仆人为道人收拾出一处住房,派专人伺候,道人则亲自下厨,督看丫环给夫人煎药,让夫人服下。

第一、第二剂药下肚,夫人还不觉得什么,等第三剂药下肚,夫人顿觉胸襟开阔,胸肋处疼痛大减,章太守自是惊喜万分。

道人每天除了给夫人下药,空闲时还给她传授些经书,讲解为人处世的道理,教她如何豁达待人,糊涂处事。

经道人点拨,夫人心里敞亮多了,想想从前都是自己无事生非,为一点芝麻绿豆的小事生气,以至差点送了性命,真是何苦!渐渐地,她就变得随和多了。

奴婢们看在眼里,喜在心上,都说夫人简直像换了个人,以后再也不用在她面前提心吊胆了。

就这样,一晃三个月过去了,夫人的气色明显和从前大不一样,但道人仍然坚持天天亲自下厨,督看丫环给夫人煎药,让夫人服药,没有丝毫的松懈。

眼看道人先前说的百日之期就要到了,这天,道人突然对章太守夫妻俩说:"山中有要事,非贫道回去一次不可,往返虽只三日,可夫人的病贫道放心不下,眼看百日即满,万万不可前功尽弃啊!"

夫人朗声应道:"师父只管放心去,奴家一定按时服药,请师父放心。"

可道人还是不放心,叮嘱说:"请夫人白天一定要静心诵读贫道传你的经书,休生杂念。另外……"他说到这里拿出三炷香,交给夫人,"这是贫道特地为夫人准备的,请夫人每晚千万不要忘了燃香,夫人只要闻着这香味儿,就能很快入睡,一夜到天明。"

道人再三叮咛后,走了。可是三天后他从山中回来,一见夫人却大惊失色。

章太守觉得很奇怪:"明明夫人是按照师父您的嘱咐,白天吃药,夜晚燃香,一觉睡到红日出,怎么……"

道人连连摇头:"唉,皆是贫道无能啊!贫道明知夫人妒性超人,为什么还要喋喋不休地嘱咐那么多话呢,夫人这是要跟贫道争口气哩!"

听道人这么一说,夫人放声大哭,边哭边求:"请师父救救奴家!"

原来道人走后,夫人心里就想:丁点小事,道人犯得着这么唠叨吗?还不是想让我时时记着他的恩德罢了。看来,世上真正超脱的人是不存在的,连出家人也玩心计呢!这么一想,她夜里躺在床上就睡不着了,把府中的奴婢们"过"了一遍筛子:好一群阳奉阴违的奴才,现在都夸我变得豁达了,那意思不就是说我从前狭隘凶狠吗?可当初他们不也一个个对我奉承不迭?如此看来,就是他们现在说的话也不能相信。她又想到章太守:平时对我这般呵护,是不是因为看我现在还有点姿色?倘若自己以后老了,或者最终还是生不出儿子来,他难道还会这么对待自己?再深一步想,他所以这样待我,莫不是做下了什么亏心事?宅中俏丽的丫环不止三二人,谁能保证他在外面没有暗藏侧室?

不过,夫人毕竟吃了道人这么多天的药,她马上就克制住了自己脑子里的这些杂念,告诫自己说:就算真是这样,也切不可生气,我要气死了,他们才高兴哩!于是夫人拼命背诵道人平日传授的那些经书,一诵经,心里的气就没了,她闻着熏香味儿渐渐入了梦境,梦见府上的一帮丫环正在花园里交头接耳,议论她这个当主母的许多不是,一恼之下她转身退入后宅,哪知却撞见丈夫正搂着丫环在床上。她顿时勃然大怒,随手抓起身边的什么东西就扔了过去,一阵摔打直到醒来,一看,蚊帐早已被撕扯得不成样子……

章太守被夫人的这番自白说得目瞪口呆。

道人对章太守慨叹道:"我原本想让夫人在熏香中入睡,就不会再生什么杂念,岂知她心生猜妒之意已到了无药可治的地步,虽说梦是假的,可那气却是真的呀!看来世上不是什么病都能靠药物治得好的。贫道对不起你们多日款待,惭愧,惭愧哪!"道人说罢,跌跌撞撞出门而去,拦也拦不住。

道人这一走,章太守就只能眼睁睁看着夫人等日子了……

格言启示:

"嫉妒是毒药",记得这句话出自莎士比亚之口,后来被人们在不同场合反复征引。可以看出,它是现实生活中一个普遍性的话题。实际上,嫉妒不但是一剂急性的或慢性的毒药,而且其危害还具有双向性,因为它在毒害别人(受嫉妒者)的时候,更把嫉妒者自己毒害了。值得关注的是,大千世界,五彩缤纷,存在着生长嫉妒的土地与温床,从涉世不深的年轻人到历经坎坷的老人,深受嫉妒心理之苦、之害的人却并不少见。对此,任何人都不应抱有侥幸的心理。

美丽的心灵是那种博大、开朗而又准备容纳一切的心灵。

(顾文显)

(题图:安玉民)

学花钱

　　从前，村里有个大财主，良田万顷，屋舍百间，奴仆成群，家财万贯。财主有个独生儿子，叫多福。多福生来十分老实，长到十六七岁了，还不爱玩，也不喜欢进城。

　　财主疼爱多福，常常给他两吊钱让他进城开开心，可是每次回来时，多福总是把拿去的这两吊钱原封不动地提着回来。

　　财主很奇怪，便问："多福，这两吊钱是让你在城里随便花的，为什么你一个子儿也没动呢？"

　　多福总是老老实实地回答："我不知道怎么花啊，我什么也不想买。"

　　财主说："你可以用这钱看戏，或者买东西吃。"

　　可是多福下次进城还是提两吊钱去，提两吊钱回来。

　　财主疼惜地想:多福莫不是有点笨了? 连钱也不会花,会给别人笑话的;再说我挣下了这份家业,这样岂不是白费工夫啦? 于是他宣布:"谁能教会多福花钱,我就给他一百两银子。"

　　教别人花钱,谁不知道这是份美差? 况且还有一百两银子的赚头,所以立即就有人自告奋勇来给多福当师傅。

　　这天,师傅带着多福进城,仆人带着银子跟在后边。

　　他们来到当地一家最有名的妓院,多福按照师傅教的那样,把一锭银子往鸨母面前的桌上重重一放,大模大样地说:"我们今天要包下这里!"鸨母看出这是个大主顾,服侍好了今后就会财源滚滚,于是笑得脸上开了花,立即唤来了全妓院十多个花枝招展的漂亮女子,一齐来陪多福师徒;同时从最好的酒楼要来了最贵的酒菜,又叫烟馆送来上好的大烟,还请来了唱戏的、说书的。师傅给多福挑了一个最漂亮的姑娘,让她为多福弹琴、唱歌、跳舞,多福觉得好玩极了。

　　师傅早让仆人把大锭银子换成了小锭和碎银,在师傅的指点下,多福看一阵、听一曲,就赏一回银子给那姑娘。就这样,多福在花天酒地的妓院里整整玩了一天,他玩兴大发,本来还想到更好玩的地方去,可手头已经没钱了。

　　师傅觉得花钱这门课一点也不难教,瞧,他只用一天时间,就给多福上完啦。

　　财主虽然觉得这样花钱似乎有点过分,但毕竟儿子学会花钱啦,这说明儿子不笨,所以财主很高兴,按照约定,他给了多福的师傅一百两银子。

　　从那以后,多福喜欢进城了,当然啦,每次都带着好多好多的银子。他最爱去的是酒楼、茶肆、烟馆、妓院、赌场和戏园。到酒楼,他一定要点最好的酒茶,一直喝到酩酊大醉;到妓院,他一定要最漂亮的女子陪着,并且包下整个妓院,不让别人打扰;进赌场,他一定要输得精光才出来。每次进城,多福的现银都不够花,最后不是把玉佩抵押在妓院,就是把马当在酒楼,或者把金银首饰押在赌场。多福渐渐出名啦,人们钱少不够花的时候,就爱说这样一句俏皮话:"多福进城——多少银子也不够花。"

这天,多福进城听妓女弹琴唱歌,忽然觉得这声音也不怎么好听,他想起木匠用刨子刨木头时发出的声音蛮好听的,于是回家后立即让仆人买来一批木材,又请了几个木匠,吩咐他们道:"你们给我刨这些木头。"木匠问:"刨什么样呀?"多福想也不想:"刨成圆的吧。"

木匠在一边挥汗如雨地刨呀刨,多福就躺在睡椅上惬意地听,听着那刨子发出的声音"嚓——嚓嚓",他觉得有趣极了。

一会儿,木匠停了下来,告诉多福:"都刨成圆的啦!"多福想都没想,接着吩咐:"那再刨成扁的吧。"木匠虽然迷惑不解,但反正供应伙食,工钱照算,他们巴不得多点活干呢,所以也不再多问,又刨了起来。

老半天,一堆木头都刨成扁的了,多福又说:"再给我刨成方的吧!"木匠一声不吭,照着多福的吩咐再刨。

又是老半天,木匠终于把木头都刨成了四方的,一根根原本粗大的木头,现在只剩下火柴盒那么大了。多福听过了瘾,给木匠付了工钱,指着那些小木块说:"带回家烧饭吧。"

这事很快就传开了,遇到谁没事找事,吃饱了撑的,人们就说这样一句俏皮话:"多福请木匠——刨圆刨扁刨四方。"

多福还会请人捉蟋蟀来斗,或者让人学鸡叫给他听,总之斗鸡走狗、跑马赶驴,只要他高兴,什么都玩,当然,这可都是要花银子的。

多福成了方圆百里知名的人物,到了这时,财主才想到要管束多福,但一点用也没有。财主觉得这样下去,哪怕家里有金山银山也会败光,就宣布道:"谁能教会多福别乱花钱,我就给他一千两银子!"

可这回却没人愿来当师傅，因为这门功课实在太难教了……

格言启示：

"由俭入奢易，由奢入俭难"，这句话包含了深刻的生活哲理，而故事中的财主恰恰不懂得这个道理，殊不知一旦儿子学会了花钱的"本事"，养成了奢侈的恶习，再想"弃奢入俭"，那就难乎其难了。推而广之，生活中这种现象是极为普遍的，"由勤入懒易，由懒入勤难"，"由廉入贪易，由贪入廉难"，"由善入恶易，由恶入善难"，诸如此类，都是一个道理。所以，从小培养好习惯、好品质，这是至关重要的。

金钱可以是许多东西的外壳，却不是里面的果实。

（陈居忠　陈显敏）

（题图:蔡解强）

胆大和胆小

　　王二拐是村里最胆大的人。何以为证？以夜晚看庄稼为证。

　　农村大集体的时候，每逢收庄稼季节，白天收割的庄稼往往来不及运回打麦场里，为防丢失，晚上就需要派人到地里看护。地块有远有近，有老坟地，有无坟地，看庄稼的都争着看近地和无坟地。有块老坟地离村最远，老坟地里还埋着两个解放初期被人民政府枪毙的土匪，人们尽管不迷信，可总觉得漆黑的夜里躺在两个死鬼的身边有点那个，因此谁都不愿到那块地里看庄稼。

　　生产队长急了，就提高报酬：平时看庄稼的，每人每晚记半个劳动日的工分，到那块地去看庄稼的人，每人每晚记整工。可还是没人愿去。

这时候，王二拐就站出来了。

王二拐孩子多，工分少，是队里的老缺粮户。为了多挣点工分，王二拐跟队长讨价还价："我一个人去看，保证看好，能不能每晚上给记两个整工？"队长巴不得有人应下这差事，再说平时都是两个人看，可以轮流睡觉，现在王二拐一个人干两个人的活儿，也该记两个整工，于是就点头答应了。吃罢晚饭，王二拐果真夹着破被子，扛着一把铁锨，一个人去了老坟地。村里人乱嘀咕："王二拐真是穷疯了，为挣点工分，连命都不要了？"可第二天人们发现，王二拐既没吓出毛病，也没缺鼻子少眼，仍然精精神神的，就都服了他，说他是村里第一号胆大人。从此，这块老坟地年年看庄稼的事就承包给他了。

可是，后来出了一件事，王二拐却变成了胆小鬼。

那是几年以后，王二拐的妻子病了，王二拐没钱给妻子买药，心里一着急，竟千不该万不该做了一件错事。那天夜里，王二拐偷摘集体一袋子甜瓜，打算扛到集市上换几个钱。鸡叫时候，他扛着袋子悄悄向村外走去。出村不远是菜园，穿过菜园是一条河，河水不深，挽起裤腿可以趟过去。王二拐来到河边，挽起裤腿，一手扶着肩上的袋子，一手掂着脱下的布鞋，趟水过河。

当时生产队开了个油坊，油坊就设在菜园旁，磨油的把式起早烧锅炒芝麻，正是热天时候，热出了一身臭汗，其中一个叫王斗的把式就到河里洗个澡，因为河水较浅，王斗蹲在水里，只露出一个脑袋。他正在水里舒服，却见一个人脱鞋过河，因为没有月亮，看不清是谁，只见扛着袋子过来，便知道是赶集的。等王二拐趟着水快到跟前的时候，出于礼貌，王斗突然问候了一句："赶集去哩？"

王二拐正摸黑趟着水过河，冷不防身边冒出这么一句话，只吓得他"哎哟"一声一屁股蹾到水里，一袋子甜瓜掉进河里顺水漂去，一双布鞋也悠悠忽忽沉到水底。他吓得跌跌冲冲爬上岸，一路狂奔，嘴里喊着："鬼鬼鬼！"一头栽进自家院里。

天亮以后，村里人都知道了这件事，大家伙儿知道他有难处，不但原谅了他，还东家五毛、西家三毛地给他妻子凑齐了药钱。

事情过去后，有人开王二拐的玩笑："哎，我说二拐，你大胆咋变成小胆了？"

王二拐难为情地说："别提了。以前看庄稼的时候，我做的是实打实的事，自然浑身是胆，庄稼地里别说没鬼，就是有鬼我也不怕。可这回做了见不得人的事，特心虚胆怯，别说河里突然冒出一个人，就是蹦出一只蛤蟆，也会吓我一跳。"

格言启示：

按照哲学家的理论，人们在行为中实际上要遵守两个准则，一个是来自外在的法律或法规的约束，另一个则是来自内在的道德的规范。一旦与之相冲突，人们的情感和意志都会受到不小的影响，甚至在人的心理上造成严重的偏差。在这方面，中国的一句老话提供了一个很好的教训，这就是"为人不做亏心事，半夜敲门心不惊"。虽然不做亏心事，可能会损失一时一地的利益，但是若从长远出发，没有心理负担的人却活得更加充实。也许，这就是我们所要提倡的健康的人格吧？

诚实与勤勉，应该成为你永久的伴侣。

（荣　庆）

（**题图**：俞耀庭）

套近乎

　　小宝吵着要去街心花园玩，鲜花被儿子吵得没办法，只好陪他出了家门。

　　这时候刚吃过晚饭，街心花园里人挺多，有一拨人正在那里下棋，旁边还蹲着一只漂亮的小狗，小宝平时最喜欢小狗了，一看到小家伙，立刻欢叫着奔了上去。鲜花认出这小狗是住在隔壁小区的税务所所长家的，一看，可不是嘛，所长正入神地在和人家下围棋呢！

　　不知怎么，鲜花心里突然一激灵：早就听说这只小狗是所长家的宝贝，丈夫不是一直嫌自己的工作不好，想换换吗？如果现在悄悄把这小家伙抱回家养几天，然后再假装说是捡到了给他们送回去，他们肯定会很感激，先混个脸熟，以后不就有开口的机会了吗？

　　鲜花看看正全神贯注在棋盘上厮杀的所长，又看看正和小狗玩得开心的儿子，觉得今天是个好机会，于是就悄声对小宝说："小宝，这小狗你喜欢吧？"小宝说："当然了，妈妈，你给我也买一只好吗？"鲜花说："小宝，你把小狗抱起来，轻点，千万别让它叫出声来，咱们带它回家好不好？"小宝一听，瞪大了眼睛说："妈妈，这不是偷吗？"鲜花笑着哄道："这哪是偷啊，我们只是带回去养两天，再给人家送回去。"小宝一听妈妈说会给人家送回去的，就点点头，抱起小狗跟着妈妈回了家。

　　第二天，鲜花假意散步，特地去隔壁小区溜达，果然听说所长因为丢了狗被老婆骂得一夜没睡觉，她不禁心里暗暗得意。三天以后，鲜花估摸着时间差不多了，于是真就把小狗给所长送了回去。不过送回去之前，她故意用烧炉子的煤球灰把小狗身上弄得脏兮兮的，看上去这小狗就好像在外面流浪了三天一样。

　　果然，所长和他老婆一见小狗两眼直放光，所长老婆还一定要鲜花进屋喝杯茶。鲜花却死活不肯进门，连连摆手说："这点小事算啥，我就住在隔壁小区，应该的，应该的。"

　　从此，只要在路上碰见了，所长或者所长老婆都会主动给鲜花打招呼；鲜花呢，不但脸上笑，心里也在笑。过了一阵，鲜花看所长又天天带着小狗在街心花园下棋，于是瞅机会又让小宝去抱小狗。这回小宝胆子大了，就像是在抱自家小狗似的，手脚麻利多了。

　　当然，过了几天，鲜花又把小狗送回所长家，所长和他老婆再三再四地要把鲜花朝家里让，可鲜花就是不进门。这回所长老婆竟然陪着鲜花在门口拉了会家常，鲜花嘴上说自己和所长家的小狗有缘，心里却乐开了花，她准备下次再送回狗的时候，就"打开天窗说亮话"，求所长帮丈夫介绍一个工作。

　　鲜花正候机会呢，谁知她还没对小宝说什么，小宝竟然自己把小狗给抱回来了。鲜花让小宝把小狗在家里养几天，然后这天就又把它送回所长家。

所长老婆不在，可谁知所长这回的态度大出鲜花意外，所长朝小狗大发雷霆，狠狠踢了它一脚，嘴里还骂道："你这个忘恩负义的家伙，我们哪里亏待你了？你跑？好啊，要跑你干脆跑得远远的，别回来了！"

鲜花愣在那里，傻眼了。

没等鲜花开口，所长突然把小狗从地上抱起来，往鲜花怀里一塞，说："看来你跟这狗有缘，我老婆现在已经烦它了，老是跑啊跑的，看来它是不想在我们家呆了。索性你抱了去，喜欢呢就养着，不喜欢呢，杀了吃也行。反正这狗是你找到的，随你咋处理，我们家是不要了。"

鲜花费尽心机没想到却是这样一个结局，气得肠子都悔青了，只得快快地抱着小狗离开了所长家。

一路上她越想越生气，回家后，还嘀咕咕地数落所长家的不是。丈夫在一旁听了，就说："我早叫你别自作聪明，你偏不听，现在知道了吧，你这是'竹篮子打水一场空'。"

鲜花一听更来气了："哼，我还不是为了你啊！早知道要不到这个人情，我还抱什么狗回来，光喂它还花了我们不少钱呢……哎！对呀，我有办法了，我们想办法把这狗拿到市场上去卖，这样就不但没损失，还能赚它一笔哩！"

夫妻俩正你一句、我一句地说着话呢，这时候，小宝勾着头磨磨蹭蹭地推门进来了，身后还跟着他的班主任黄老师。夫妻俩猜想肯定是小宝在学校里闯了祸，于是赶紧把黄老师让进屋。

黄老师用奇怪的眼神看着他们，轻声说："小宝爸爸妈妈，你们家小宝以前一直挺老实的，可最近他变了，总是不声不响拿同学的铅笔、橡皮什么的。我找小宝谈了好几次，本来不想惊动你们家长，可小宝不仅不认错，还说什么'先拿来用几天，以后再还呗'。我觉得这问题就严重了,虽然现在孩子还小,可不能小看这些现象,现在不抓,以后就来不及了。所以,今天我特地来和你们家长通通气,希望家长和学校配合……"

黄老师的话还没说完呢,鲜花的面孔已经变得灰白。她惊呆了:小宝说的这些话,不正是第一次抱所长家狗的时候,自己对小宝说的吗?

小宝爸爸在一边急得直跳脚:"都怪你,还说没损失,这下损失可大了!"

格言启示:

用经济学术语来说,"套近乎"的行为就是寻租,通过在"官场"寻找代理人,达到降低经济成本的目的。然而,主人公没想到,教育也是有成本的,而且是最大的成本。或许,只有把教育当作社会共识并约束个人的行为规范,某些潜规则才可能销声匿迹。

孩子是映照父母行为的镜子;教育之于心灵,犹雕刻之于大理石。

(雷 科)

(题图:张 恢)

最后的掌声

　　有位幽默大师,深得观众喜爱,演出时只要他一上场,大家准会乐得捧腹大笑。

　　大师门下收有很多弟子,名师出高徒,弟子们大多也已功成名就。

　　到了晚年,大师身体日渐衰老。弥留之际,他把弟子们召到身边,说:"都打起精神来,我有件事情要拜托你们。"

　　闻听此言,弟子们一个个竖起了耳朵。

　　大师道:"我这辈子最快乐的事情,莫过于听到观众的掌声。如果你们能用最热烈的掌声来给我送葬,为我的人生作最后一次谢幕,那我死也瞑目了。"

　　弟子们全都惊呆了:谁听说过有这样的送葬仪式? 可是看

大师的神情,不像是开玩笑。

看到弟子们为难的样子,大师说:"我天生就是要给人们带来欢乐的,假如离开这个世界的时候让大家为我痛哭,那就完全违背了我的意愿。"

弟子们面面相觑,谁都不敢说话。

大师生气了:"你们随我从艺多年,现在本事都在我之上,连这点小小的愿望你们都不能满足我?"

大师都把话说到这个份上了,弟子们只好勉强答应。

事后,弟子们心里越想越不对:大师去世,肯定会给人们带来巨大的悲痛,那时候鼓掌是不是太不合时宜了?除非以后自己别想再登台,否则观众不把你轰下来才怪;可大师的话又不能不听。怎么办?他们商量来商量去,始终拿不出一个好主意。最后,只能约定:到时候不管公众反应如何,大家一定不顾一切地鼓掌;谁不鼓掌,谁就不能再做大师的弟子。

没多久,大师辞世了。送葬那一天,万人空巷,送葬队伍绵延几十里,弟子们神情悲切地护送着大师的灵柩,路途中不断有人自发加入送葬队伍,全城笼罩在一片悲哀之中。

弟子们开始还一路上拼命寻找能替大师鼓掌的机会,可离大师下葬的墓地越近,他们的心情越悲伤。后来到下葬时刻来临之际,眼看着大师的棺木徐徐进入墓坑,弟子们意识到以后再也看不到大师的表演了,不禁失声痛哭起来。一传十,十传百,全场顿时哭声雷动,悲痛的气氛达到了高潮。

直到葬礼结束,弟子们的心情才渐渐平静下来,他们这才想起,他们已经把大师的要求完全抛到了脑后,不禁感到一阵阵揪心的难过。

第二天,当地媒体以"欢乐之神"为题,对大师盛大的葬礼进行了详细报道,并应大师家属的要求,公开发表大师的遗嘱。大师在遗嘱中有这么一段话:作为演员,我非常渴望观众的掌声,我把它看作是对我演艺事业最高的奖赏。但是,掌声是不能强求的,只有尊重观众的情感,让他们真正感到快乐,才能得到他们发自内心的真正的掌声。

弟子们终于悟出了大师的良苦用心:所谓拜托之言,其实是大师在为弟子们上最后一课,掌声不能强求,掌声出自内心。

从此,弟子们在表演上更加精益求精。

格言启示:

鼓掌从单纯的手语过渡到社会语言层面之后,其意义逐渐变得复杂而多义:人们鼓掌,有时是真欢喜,有时则是忧惧,有时是迫于情面,有时则出于逢迎……然而,相比之下,只有发自内心的掌声才最响亮、最有价值。人常说:"言为心声,文贵情真。"鼓掌不亦如此?

幸福,只给予懂得幸福的人。

(张　湃)

(题图:箭　中)

三步倒

　　瞎老六生来就是个瞎子，因排行第六，大家都叫他瞎老六。为了谋生，瞎老六卖起了老鼠药，那几年鼠害猖獗，瞎老六每天有些进项，日子还能对付得过去。

　　这天，隔壁丁婆婆跟儿媳吵架，儿媳找瞎老六买包"三步倒"吞了，倒在地上。

　　丁婆婆呼天抢地，跑进小柴屋，一把抓住瞎老六的衣领，说："好你个瞎老六，明知我和儿媳吵架，竟卖老鼠药给她。要出了人命，你得给我垫棺材底！"

　　瞎老六身子瘦小，被丁婆婆一把提起来，吓得两只胳膊就像鸡翅膀似的扇着。他小声央求丁婆婆道："把我放下说话，把我放下说话。您儿媳到底怎么回事？"

丁婆婆恨不得扇瞎老六几耳光,她把瞎老六往地上一掼,咬牙切齿地骂道:"你这个狗日的瞎老六,断子绝孙的瞎老六,我儿媳现在已经人事不省啦!"

"是不是真的吞了我的三步倒?"

"怎么不是?镇上只有你这一家卖老鼠药。"

瞎老六用手把衣服掸掸,嘻嘻一笑,说:"别急,别急,实话告诉你,那三步倒是一包砖头灰。"

"嗯?"丁婆婆吐了一口长气。

果然,丁婆婆的儿媳有惊无险,干呕一阵后就没事了。

丁婆婆的儿媳没事了,可瞎老六的老鼠药从此身价大跌,他只要一开口叫卖,大家就戏谑他:"你卖的不是三步倒,是砖头灰吧?"

瞎老六很是丧气,捶胸顿足地对天发誓:"现在是真正的三步倒,不信买包回去试试!"

可谁也不信他的话。

瞎老六的老鼠药卖不下去了,只好呆在家里晒太阳,生活日渐窘迫。活人总不能被尿憋死呀,半年后迫于生计,他只得重操旧业。

那天,瞎老六进了一批三步倒,摆在街头叫卖,可是一连几天无人问津,瞎老六枯坐无望,真想自己吞一包三步倒死给大家看看。

街上人来人往,好不热闹,认识他的人不少,有的就朝他打趣说:"老六呀,又卖砖头灰啦?"

瞎老六又气又恼:"你们都是长了眼睛的,这三步倒是真是假还分辨不出来?"

于是就有人告诉他:"人家都说鞋匠戚跛子卖的才是真三步倒呢。"

瞎老六一听,觉得自己的生意被戚跛子抢了,气得脸都白了,颤声问道:"他……他戚跛子改行卖老鼠药了?"

又有人怂恿瞎老六:"你找戚跛子评理去,要不,这卖老鼠药的地盘就是他的啦!"

"找他去!"瞎老六生意也不做了,收拾收拾,捏上寻路棍就往戚跛子的鞋匠铺赶。

打老远的,瞎老六就拉开嗓门朝戚跛子吼起来:"戚跛子,你听着,你狗日的老本行不干,为啥要抢我的饭碗?"

戚跛子一听是瞎老六的声音,知道来者不善,拔腿就想溜,但铺子门口已经拥上来不少看热闹的人,路被堵住了。

戚跛子索性心一横,把衣袖往上挽了挽,一只跛脚踏在矮凳上,摆开一副决斗的架势,回应说:"你卖你的老鼠药,我卖我的老鼠药,政府允许竞争,你来跟我斗狠,你还有理了?"

瞎老六气势汹汹,一手撑腰,一手舞着寻路棍,朝着戚跛子直嚷:"政府允许竞争不假,但家有家法,行有行规,干啥事总得讲个先后,我为先,你在后,一山不容二虎!"

戚跛子一时语塞,嘴里结结巴巴好半天,没见他吐出半个字来。于是就有好事的人给戚跛子鼓劲:"别怕,你揭他瞎老六的短。"

戚跛子幡然醒悟,好像拿到了尚方宝剑,于是就伸长脖子嘲讽瞎老六说:"你还有脸跟我说这话? 全镇男女老少,谁不知道你卖三步倒其实卖的是砖头灰? 是你自己砸了自己的饭碗,活该!"

顿时,人群中哄笑声响成一片。

瞎老六脸上红一阵、白一阵,两行泪水顿时从他脸上流了下来。他哭得很伤心,哭着哭着,突然把手里的寻路棍一扔,伸手往口袋里摸了摸,掏出两包三步倒往嘴里一塞。

只见瞎老六跌跌撞撞向前才走了两步,就"扑通"一声栽倒在地上……

格言启示：

　　瞎老六的老鼠药为何身价大跌？究其原因,是因为他的"诚信"受到人们的质疑。诚信这东西,虽然看不见、摸不着,也没有价格,却是人的命根,关系着一个人的生存命脉。小而言之,一个人如此;大而言之,一个家庭、一个单位,甚至一个国家,也概莫能外。

　　生活的最重要的部分,不是去生活,而是对生活的思考。

（汪伟来）

（题图:箭　中）

扣秤

星期天，老张在家里打扫卫生，听到门外有人喊收旧报纸，他记起家里正有一大摞旧报纸没处理，于是就把这人叫了进来。

老张把旧报纸搬出来，捆好，让他称一称。那人一称，说："三十斤。"

这么多报纸才三十斤？老张有点不相信，就和他辩了几句。老张看他的脸有点红，更觉得不对劲，于是把手一挥："不卖了。"

那人嘴里"叽里咕噜"嘀咕了几句，只好走了。

大概是星期天，街上收旧报纸的还真不少，很快又来了一位，老张让他一称，三十五斤。

有了前车之鉴，老张就留了个心眼，吓唬他道："师傅，你的秤不对啊，刚才我称过了，可不止这个数啊！"

没想这个人一听老张这么说,嘴都没张,就走了。

不一会儿,又来了第三个收旧报纸的,一称,四十斤。

老张又是一通吓唬,那人赶紧解释:"我的秤刚刚不小心在地上摔过,有可能不准。这样吧,就算五十斤吧?"

老张一想:算了,何必为这么点报纸费大神呢?于是就收了钱,让他把报纸拿走了。

不过,老张心里总觉得自己吃了亏:这点报纸肯定不止五十斤,否则那收旧报纸的会有这么爽快?

老婆回来后,老张把卖报纸的事儿一说,老婆却吃惊不小:"能卖五十斤?我那天把报纸理出来的时候称过的,当时忘了对你说,其实只有四十五斤啊!"

这回轮到老张吃惊了,最后忍不住大笑起来:"自古都说'只有错买的,没有错卖的',还真是这样呢!这些家伙啊,扣秤扣到最后,连他们自己也拿不准到底是多少斤了!"

格言启示:

秤是利用杠杆原理计算物体轻重的器具,一边稍重,或一边略轻,也能一眼看得出来,因此,秤意味着公平。然而,秤毕竟是死的,人是活的,因此,秤又代表着良心。只不过在某些人眼里,公平、良心又能值几个钱?故事虽是一幕喜剧,但一笑之余,却令人深思。

让自己完全受财富支配的人,永不能合乎公正。

（解习贵）

（题图:李　史）

惹祸的浪漫

阿文是个小职员,这天,他拖着疲惫的身子回到家,刚进门,老婆阿花就埋怨开了,说单位里一个男同事买了条最新款的项链,准备回家给老婆一个惊喜,人家这么有情调,可阿文就只知道工作,根本不懂得浪漫。

面对这样的奚落,阿文无话可说。他们刚买了房子,到现在还有一万元的债没还呢,阿文哪还有心思浪漫?

不过话是这么说,老婆的需求也是要尽量满足的呀!

于是第二天下班后,阿文忍不住跑了好几家礼品店,还真让他找到了浪漫!在礼品店货架的角落里,阿文发现了一件漂亮的工艺品,那是一对可爱的小海豚情侣,正在戏逐一颗漂亮的小球。

这勾起了阿文尘封已久的回忆：当初在那间临时租赁的房子里，他和阿花守着一台破旧的 VCD，两个人相拥着欣赏一集又一集《海豚湾的恋人》，沉浸在浪漫而动人的故事情节中……

阿文一想到此，就毫不犹豫地把这对可爱的小海豚买了下来，他甚至想象，阿花一看到小海豚，一定会像当初初恋时一样，飞扑进自己的怀里。

阿文以百米冲刺的速度回到家，他一看阿花还没回来，不由心里一动，于是就把小海豚礼品袋挂在门把手上，然后掉头去接阿花下班。

俩人再到家的时候，刚走到楼下，邻居大妈就告诉说，他们家门把手上挂了件东西。

阿花听了觉得挺好奇，立刻快步上楼，阿文故意落在后面，想看看阿花看到礼物时有什么反应。

果然，当阿花小心翼翼打开礼品袋时，阿文看到阿花脸上露出了按捺不住的甜美的笑容。

只听阿花困惑地自言自语道："这东西会是谁送的呢？"

"会是谁呢？"阿文一脸坏笑着。其实他心里在说：这还用猜吗，是你老公我啊！

谁知阿花一丝儿都没往阿文身上想，她进了家门，放下小海豚就开始打电话。

阿文的坏笑慢慢地在脸上僵住了，阿花拨一个电话，阿文的笑容就会减去一分；阿花再拨一个电话，阿文的心里就多了一分沉重。

当阿花开始翻箱倒柜找旧电话簿时，阿文不禁烦躁起来，一个念头在他脑子里一闪而过：阿花该不会在外面有情人了吧？

"到底是谁啊，不会是你的情人吧？"阿文讽刺说。

阿花马上回敬他："有人送，总比没人送强。"

终于，阿文没有等来阿花扑到他怀里的动情一幕，有的只是争吵。最后,阿花拿着电话走进了洗手间,阿文痛苦地坐在沙发上,咬着牙想:老婆啊老婆,我就不明白,你为什么就不能想一下会是你老公我呢?

过了一会儿,阿花从洗手间出来,讪笑着对阿文说:"别猜了,是小雷送的,小雷说她是和我们开玩笑的。"

小雷是阿花儿时的玩伴,是个女的。

阿文没有笑,甚至脸上没有任何表情,他实在不想说什么,于是阿花也忙别的去了。

一个月后,有一天,阿花突然对阿文说:"那对小海豚不是小雷送的。"

阿文点点头说:"我知道。"

阿花很惊讶:"你都知道了? 那我也没什么好说的了,咱们离婚吧。"

阿文愣了愣,问:"我想知道,你们从什么时候开始的?"

阿花说:"从我收到那对海豚开始。"

"他说是他送给你的?"

"难道会是你吗? 不会,你不懂得浪漫。"

阿文沉默了,想说什么,却没有说出来。

阿花继续说:"你放心好了,除了那对小海豚,我不会要任何东西的。"

于是第二天,阿文和阿花去民政局办离婚手续。出来的时候,有一辆车在等阿花。

阿花对阿文说了一句:"对不起。"然后就打开车门上了车。

阿文走上去,敲了敲车窗,那开车的男的摇下窗问:"有什么事吗?"

阿文从口袋里掏出一张纸条,递给他:"你还欠我钱呢!"

阿花伸手把纸条接了过去,一看,是一张发票,上面写着:"礼品:海豚;价格:十五元。"

格言启示：

据载，惠能大师来到法性寺，见两位和尚围着寺前的旗子在争论，一个和尚说："我看是旗子在动。"另一个说："不，是风在动。"惠能大师说："你们两个都错了，既不是风在动，也不是幡在动，是你们的心在动。"是的，不要怪这怪那的，要怪就怪阿花的爱情已经偏离了航道。

把爱情赶出生活，你就赶出了欢乐。

（孟　鹏）

（题图:魏忠善）

上山开饭店

　　黄三是山里的挑夫,不但长得人高马大,而且特别能吃苦,一次总比别人多挑四五十斤,于是人们就送了他一个绰号:大黄牛。

　　这天天刚蒙蒙亮,大黄牛就挑着山货出发了,由于走得快,未到晌午就到了山顶。这里的景色真不错,路边有几棵大树,树下有一个泉水坑,水坑不远处还有一个天然崖洞。

　　大黄牛是个勤快人,一看后面挑夫们还没到,就放下担子忙活起来。他从挑担里拿出一口小锅,到坑边洗菜淘米,生火做饭,等挑夫们赶到时,他已经把一切都弄停当了。那帮挑夫们一上来就闻到了饭香,待吃完了个个咂嘴:"想不到大黄牛还有这一手!佩服,佩服!"

说者无意,听者有心。一个念头突然从大黄牛脑海里跳了出来:何不在此开一家饭店呢? 虽然自己现在是挑夫"状元",可干这营生终究不是长久之计,年纪上去了咋还干得了?

回到家中,大黄牛把这想法说给妻子听。妻子拿不准主意,但妻子知道大黄牛的脾气,一旦认定的事就是十八头牛都拉不回来,她决定上山去亲眼看一看。第二天,她随大黄牛上山,和大黄牛一起忙活,他们特意多做了点饭,炒了不少菜,那些过往的挑夫和游客一看这里有新鲜的饭菜卖,都围了过来,你争我抢的。一顿饭下来,大黄牛果然赚了不少钱,比当挑夫强多了。这下妻子心里有了底!

两个人说干就干,等上面的批复下来,他们就立刻把柴米油盐全都搬上了山,在崖洞里安营扎寨,还请木匠师傅做了一些桌椅,"噼里啪啦"放了一通爆竹,饭铺就算开张了。开张那天生意特火爆,吃过这里饭的人都交口称赞:"好吃! 好吃!"还打趣地给他们的饭铺取名"九曲山饭店"。

没多久,九曲山饭店的名声就一传十、十传百地四下里传开了。却说山下城里有个叫张贵的年轻人,开了多年的饭店,可生意一直冷冷清清,所以一听到这个传闻,他当即就决定上山取经。

城里人哪走得惯山路,张贵跌跌冲冲好不容易爬上九曲山,累得坐在那儿直喘气。大黄牛和妻子得知他来意后,特地给他去摘山里的蘑菇和野菜,搞了几个热炒。张贵一尝,这么鲜美的味道从小到大还是第一回吃啊! 他顾不得抹嘴巴,"扑通"一声就跪倒在大黄牛面前,说:"师傅,请受弟子张贵一拜。"

大黄牛惊得手足无措:"快起来,快起来,我没什么本事,哪敢称师收徒?"可张贵似乎铁了心,死缠硬磨就是不肯起来。没办法,大黄牛只好答应,从做饭到炒菜,把自己平时会的,手把手地全告诉了张贵。

张贵在山上整整学了一个星期,把大黄牛和他妻子做的所有的菜都学了一遍,然后才千恩万谢地下山。回到城里,张贵请书法家协会的朋友给他写了块"九曲山饭店绝招真传"的招牌,挂在饭店大门口,也"噼里啪啦"放了一通爆竹,算是老店新开张。消息传开后,来光顾的人们川流不息,张贵高兴坏了,心想:出去镀了金就是不一样。

正当张贵打着如意算盘的时候,店堂里忽然传来一阵喧哗:"不吃了,不吃了!"张贵不知出了什么事,赶紧跑过去。一个顾客认出张贵就是饭店老板,就指着他的鼻子说:"这么差的手艺,还说什么绝招真传,你哄谁呀?"

张贵愣住了:"我……我真是九曲山饭店大黄牛师傅的徒弟,不信你们可以去问!"

"大黄牛的徒弟?我看你是吹吧!这饭,不吃了!"那顾客一边说,一边就气呼呼地朝店堂外面走,"哄"的一声,不少人纷纷跟了出去。张贵腿肚子一软,人差点儿瘫下去。

难道大黄牛师傅藏了一手?张贵忍不下这口气,便立即托人带信到九曲山,要大黄牛亲自来店里掌一回勺,不然的话跟他没完。大黄牛向来是守信之人,最不愿意听别人对自己说三道四,于是交代妻子几句,就紧赶慢赶下了山。

听说九曲山饭店的老板要来掌勺,人们都涌了过来,都说要亲口尝尝大黄牛师傅的手艺。大黄牛不敢掉以轻心,不但刀功、火功自己掌控,就连淘米、兑水、放盐等都自己动手。很快,一盘盘色香味俱全的菜肴从灶房里端了出来。

店堂里,顾客们一个个都兴奋地抬头等着,菜一端上桌,立刻成了他们的口中食。可大家尝尝,摇摇头,再尝尝,又摇摇头,不少人到后来索性放下了手中的筷子……

不要说这些顾客失望至极,就是张贵也觉得奇怪:这到底是怎么回事?要说大黄牛当时对自己留一手吧,可今天他不会不知道轻重,此刻再留一手,岂不是在砸自己牌子吗?

店堂里,大家开始还窃窃私语,到后来简直就像煮开了饺子似的,议论声越来越响,甚至还有人指着大黄牛骂他是"骗子"。闹嚷声中,只见有位长者站了起来,他一手拉着张贵,一手招呼大家安静,说:"你们冤枉大黄牛师傅了!我吃过他山上炒的菜,也吃了他今天在这里炒的菜,我觉得口味完全一样,至于你们吃得没味道,那是另有原因的。"

"什么原因?"顾客们惊讶地问。

长者微微笑着,说:"大家可以回想一下,上九曲山有几十里的山路,你们爬到山顶的时候,人累了,肚子也空了,这个时候啊,吃什么都香。可平时在山下呢,一天大吃、小吃的要吃好几顿,哪里还有什么好胃口啊?请大家想一想,是不是这个理儿?"

格言启示:

这故事让我们想起了经济学中的一条重要规律:幸福递减律。其主要内容是说,一个人的幸福感并不随其所占有的财富增加而增多;相反,他拥有的物质越丰厚,从物质中所得到的幸福感反而会逐渐减少。正因为此,在山上吃饭的人,很容易得到满足;而城里人的口味却相对比较"刁"。中国传统哲学中说的"过犹不及"、"适度为美",说的也是这个道理。

人类的智力,是靠经常增加的知识来培养的。

(陈焕瑞)

(题图:安玉民)

冬天里的两个秘密

　　弗兰茨是个孤苦伶仃的老人，在这个世界上已经没有了亲人。他在医院里住了两年多了，是洛里安大夫的病人中年纪最大的一位。

　　冬天来临的时候，弗兰茨已经连路都走不动了，吃饭、洗脸都要靠人帮忙，而且夜里还总是做噩梦、说胡话。洛里安大夫把弗兰茨安排在医院顶楼的一个小房间里，这其实也意味着，弗兰茨开始进入了默默等待死神降临的最后阶段。

　　然而，死神却一直没有来光顾这个房间，很多日子过去了，弗兰茨依然活着！

　　洛里安大夫不明白：这老人为什么看上去好像只剩最后一口气了，却还能如此顽强地活着？凭着多年的经验，他觉得能让弗兰茨活下来的不仅仅是药物,而是一种神秘的力量,他猜测老人心中一定有个秘密。

这天傍晚,洛里安大夫推开小房间的门,发现弗兰茨正朝窗外张望着,看到洛里安进来,立即把脑袋缩了回来。洛里安大夫觉得很奇怪:这个窗临着一条小小的横街,几乎终年静寂无声,无人问津,难道今天发生了什么? 于是好奇地问他:"您在看什么呀?"

弗兰茨愣了愣,对洛里安大夫说:"请您到柜子后面去,不要露面,要不就不灵了。"

洛里安大夫越发觉得好奇,他赶快听话地走到柜子后面。

只见弗兰茨先生从床上坐起来,关掉床头柜上的灯,小房间里顿时陷入昏暗之中;接着,弗兰茨又把床头灯打开,关上,又打开。这时候,突然在他们对面,隔着横街,对面楼里顶楼一间亮着灯的窗户里出现了一个姑娘! 这是一个可爱的小姑娘,大眼睛,黑头发,她笑着朝这儿招手,就像约好了似的,弗兰茨也向她招手。随后,就见小姑娘在对面鼓起掌来,然后把各式各样的玩意儿摆上了窗台,有乔木、灌木类的植物模型,有教堂结构的积木,还有许多洋娃娃,小姑娘只要用手插进洋娃娃的衣服里面,这些洋娃娃的造型就能不断变化,就像真的一样。

小姑娘在她的窗台上为弗兰茨表演了一场绝对精彩的木偶戏! 表演完毕,她还朝弗兰茨深深地鞠了一个躬。弗兰茨满脸挂着笑,朝小姑娘热烈地鼓起掌来。

洛里安大夫发现,这种发自心底的由衷的微笑,他已经多日没有在弗兰茨的脸上看到过了。他又兴奋又好奇,不由自主地从柜子后面走了出来。

洛里安大夫正要对弗兰茨说些什么,突然,小姑娘的房间里出现了一位妇人,当她意外地发现这边昏暗窗户里的两个男人时,惊呆了,赶紧拉上了房间里的窗帘,于是,弗兰茨和洛里安大夫就什么都看不到了。

　　洛里安大夫不好意思地说："对不起,是我妨碍了你们。"

　　弗兰茨朝他摆摆手,说："我认识这个小姑娘已经有一个多月了,纯粹是偶然。那天,我在床上侧了个身,正抬头时,看到了她,她就把她的那些洋娃娃一个个拿给我看,并开始表演起来。就是从那天开始,以后她每天这个时候都给我表演节目,而且每天的内容都不一样。感谢上帝,让我的眼睛还看得到东西,所以,我每天都焦急地等待傍晚这个时候的来临,只要我把灯这么闪几闪,就表示我已经准备好,她的演出就开始了。"

　　真是有意思的事情!

　　接下来的整个冬天,洛里安大夫每天给弗兰茨检查身体,每天都关切地问同一个问题："您一定又看演出了吧?"

　　老人也总是轻松地回答他："是的!"

　　待到这一年春天冰雪融化的时候,弗兰茨竟然已经能够下床在餐桌上吃饭,能够自己洗澡,甚至能够在病房外面的走廊上散步了,所有的人都简直不敢相信这个奇迹。

　　眼看着弗兰茨的身体一天比一天好,但是这天洛里安大夫去查房的时候,弗兰茨突然惊慌失措地对他说："大夫先生,昨天小姑娘不见了! 您说她……她会出什么事吗?"

　　接下来整整一个星期,弗兰茨天天都向洛里安大夫问同样的问题,而且他的精神也一天不如一天。但是洛里安大夫对此似乎完全不当一回事,直到第8天,他对弗兰茨说："请您准备好,有人邀请我们。"

　　"有人邀请?"弗兰茨瞪大了眼睛,"谁? 在什么地方?"

　　洛里安大夫说："就是那个为你表演木偶戏的小姑娘,她父母亲邀请我们去她家吃午饭。"

　　"真的?"

　　弗兰茨的眼睛顿时就亮了起来,他似乎一下子就来了精神,他的动作还从来没有那么快过，猛地下了床，三下两下就换好了出门的衣服。下楼以后，洛里安大夫想搀扶他过马路，但他走得比洛里安大夫还快，踉踉跄跄地径直上了横街对面那幢房子的顶楼。

洛里安大夫似乎对这层楼很熟悉，他拉着弗兰茨在一道门牌上写着"维德曼"的门口停下来，伸手按响了门铃。

一位女士来开的门，这位女士就是曾经在小姑娘房间里出现过的那位妇人，她后面站着她的丈夫，当他们看到弗兰茨先生时，脸上马上泛起了笑容："非常欢迎，亲爱的弗兰茨先生。"看到弗兰茨先生困惑不解的样子，小姑娘的父亲解释道："前些日子，洛里安大夫拜访过我们，谈起了您的情况。"

原来如此！弗兰茨感激地看了一眼洛里安大夫。

小姑娘的母亲热情地把他们迎进屋，领着他们穿过客厅，在一个房门口停了下来，说："我的女儿就在这个房间里，这道门应该由您来推开，弗兰茨先生！"

弗兰茨双手颤抖着，轻轻地把房门推了开来。

这是一个漂亮的儿童房间，他天天牵挂着的小姑娘，他亲爱的小朋友，长着一张圆圆的娃娃脸，大大的眼睛，卷曲的头发，此刻正躺在靠窗的小床上。小姑娘看到弗兰茨来了，兴奋得张开小手大喊起来："啊，太好了，您终于来了！"她似乎想从床上下来，但是人没下床，被子却从她身上滑落下来。弗兰茨先生看到，小姑娘的右腿，从脚趾到膝盖，全都绑着厚厚的石膏绷带。

弗兰茨惊呆了！

小姑娘的母亲告诉弗兰茨说："我的女儿6个月前患了严重的骨髓炎，她必须卧床，老是卧床。我们请了最好的医生，用了最好的药物，但是毫无用处。我们非常担心她会终身残疾，可前段时间，她的病情却突然好转起来。开始，我们搞不懂这究竟是怎么回事，后来才发现，她每天最期盼、最开心的时刻，就是为您表演木偶……奇迹，这真是奇迹啊！欣慰的是，上星期医生来做检查，说她的腿很快就能康复了。"

小姑娘情不自禁地向弗兰茨伸出手来，弗兰茨激动地紧紧握住了她的小手。

"亲爱的弗兰茨先生，"小姑娘的父亲嗓音沙哑地说，"正是我女儿和您的这个秘密，使她终于而且能这么快就恢复了健康，我们将永远感激您！"

"不！"洛里安大夫在一旁意味深长地插嘴道，"应该说，有两个秘密！一个是你们之间联络暗号的秘密，还有一个就是能够彼此驱赶孤独、恢复健康、创造奇迹的秘密！"

格言启示：

"利己"哲学，在历史上一直占主流地位，此所谓"天下熙熙，皆为利来；天下攘攘，皆为利往"。但近来人们发现，"利人"哲学更加文明、开放和符合人性。关心他人，也就是关心自己，"两个秘密"所揭示的正是这种哲学，只不过，这种哲学现在还处于弱势地位。然而，"冬天"来了，春天还会远吗？

真正的热情是悄然无声的，最高的圣德便是为旁人着想。

（张 洁 编译）

（**题图**：佐 夫）

Printed in the USA
CPSIA information can be obtained
at www.ICGtesting.com
LVHW022254211023
761650LV00017B/472